「犯人は、あなたです！」
探偵《たんてい》の人差し指が、ひとりの少年を指し示した。
(『いつだって真実ってヤツは』雪宮鉄馬／著、本文 186 ページより)

翌朝《よくあさ》、いつもより早く登校したわたしは、まわりに人がいないことを確かめてから、佐藤《さとう》さんの靴箱《くつばこ》に手紙を入れた。

（『内緒の文通友達』南潔／著、本文270ページより）

たちまち
クライマックス!

キミに
会えてよかった

たちまちクライマックス委員会・編

ポプラ社

目次

CONTENTS

カバー・口絵イラスト：けーしん

ふたりぐみ

南潔《みなみきよし》

一週間に二度、愛末《まなみ》の憂鬱《ゆううつ》な時間はやってくる。

「ふたりぐみになってくださーい」

体育教師である原口《はらぐち》が、大きな声で言った。体育館で整列していたクラスメイトは、仲《なか》がいい友達のところへと散らばり、声をかけあう。

体育の時間、ふたりぐみになっておこなう柔軟体操《じゅうなんたいそう》。けがをしないために、いつも長めに時間が割《さ》かれている。愛末は焦《あせ》る気持ちを抱《かか》えながら、周りを見回した。みんな相手を見つけている。愛末に声をかけてくる人はいない。

愛末が動けず立《た》ち尽《つ》くしていると、原口と目が合った。

「あら、また天野《あまの》さんひとりなの？」

悪気のない教師の言葉が、愛末をまた傷《きず》つけた。

今日もふたりぐみになれなかった――学校からの帰り道、愛末は重いため息をついた。

愛末が今の小学校に転校してきたのは、三か月前のことだ。

父親の仕事の都合で、小学校六年生の二学期という中途半端《ちゅうとはんぱ》な時期に、新しい環境《かんきょう》に慣れなければならなくなった。クラスメイトはみんな五年以上一緒《いっしょ》で、すでにお互《たが》いを知った状態《じょうたい》だ。おまけに二学期ともなると、クラスの中で仲良しグループが完全にできあがっているため、そこに入るのは難しい。ただでさえ人見知りする性格の愛末は、新しい学校と友達に馴染《なじ》むのに苦労していた。

今は十二月。中学生になるまでの我慢《がまん》だと自分に言い聞かせているが、憂鬱な時間ほど過ぎるのは遅《おそ》い。

そして最近の一番の憂鬱が、体育の時間だ。

自由にふたりぐみになれと先生は言うが、みんな当然ながら毎回、気の合う決まった友達とペアを組む。たまに相手が変わることがあっても、それは同じ仲良しグループ内でのことだ。

クラスの人数が奇数のため、ふたりぐみになると誰《だれ》かが必ず一人余る――それが愛未だ。そういう場合、先生と組むか、欠席や見学などの人がいれば偶数になるので余った人と組むことになる。

無理やり愛未と組まされることになった相手の気の乗らなそうな顔を見ると、毎回みじめな気持ちになった。そのたびに、はじめから先生が組み合わせを決めてくれればいいのに、と愛未は恨《うら》めしく思うのだった。

重い気持ちを引きずりながらとぼとぼ歩き、家まであと半分という距離《きょり》のところで、愛未は電柱の陰《かげ》に白いふわふわしたものを見つけた。

近寄ってみると、猫《ねこ》が倒《たお》れていた。

首輪はしていない。しかしふわふわの白く長い毛は、野良《のら》とは思えない美しさだ。耳と耳のあいだ――額《ひたい》の部分に金色っぽい毛が、たてがみのように逆立《さかだ》っている。

ぐったりと電柱にもたれたまま動かない猫を見て、愛未は一瞬《いっしゅん》、死んでいるのかと思った。しかし、薄《うす》い腹《はら》が上下に動いている。

生きている――。

だが、猫の調子は悪そうだ。

「猫さん、だいじょうぶ……？」

愛未は猫のそばにしゃがみこむ。愛未の声に気づいたのか、猫がうっすらと目を開いた。宝石《ほうせき》のような深い青色に目を奪《うば》われる。

「うるさい」

小さな猫の口から出た声に、愛未はのけぞった。背負《せお》っていたランドセルの重さにひっぱられるようにして、そのまま尻《しり》もちをつく。

「ねっ、ねねねねね猫がしゃべった……？」

「……貴様《きさま》、余《よ》の言葉がわかるのか」

猫は少々驚《おどろ》いたように言う。大人《おとな》の男の人のような声色《こわいろ》だった。言葉に込《こ》められた感情までもはっきりと、わかる。

「わ、わかるけど……」

おそるおそる愛未が答えると、猫はスッと目を細め、身体《からだ》を起こそうとした。だが、やはり調子が悪いのか地面に伏《ふ》してしまう。

「猫さん、しっかりして！」

愛末があわてて猫の身体にそっと触《ふ》れる。どれだけここにいたのかわからないが、猫の身体は冷え切っていた。愛末が熱を与《あた》えるように毛並みを撫《な》でると、「不敬《ふけい》であるぞ」と力ない言葉が返ってくる。

「父兄？　お父さんとか保護者《ほごしゃ》ってこと？」

「『不敬』だ！　礼儀《れいぎ》がなっとらんという意味だ！」

猫は怒鳴《どな》るが、それでまた体力を消耗《しょうもう》したようだ。愛末の手を払《はら》いのけることもできず、ひゅうひゅうと息を吐《は》く。

「ね、猫さん？」

「だめだ。腹が……」

「はら？　おなかが痛《いた》いの？」

猫はゆるりと愛末を見上げた。

「……腹が減《へ》った」

＊

愛末はぐったりした猫を自分の巻《ま》いていたマフラーに包むようにして抱え、家に戻《もど》った。

父親は仕事、母親はパートに出ていて不在だ。

猫をリビングのクッションの上に寝《ね》かせてから、途中《とちゅう》コンビニで買った猫缶《ねこかん》を開けた。

中身をプラスチックの皿に移し、食べやすいようにフォークでほぐす。

「猫さん、どうぞ」

餌《えさ》の入った皿を床《ゆか》に置くと、クッションの上に横たわっていた猫がスッと目を眇《すが》める。

出会ったときから思っていたが、この猫、猫にしては威圧感《いあつかん》がありすぎる。

「なにが狙《ねら》いだ」

「狙い？」

「余に施《ほどこ》しを与えようとする理由がわからぬ」

ほどこし。猫の使う言葉はいちいち難しく、わかりにくい。

「なんでもいいから食べて。でないと無理やり口に押《お》し込《こ》むよ」

猫は青い宝石のような目で、じっと愛末を見つめる。愛末が負けじと見つめ返していると、猫がのそりと身体を起こした。餌に鼻を寄せ、くんくんとにおいを嗅《か》いでから、小さな舌《した》でぺろりと舐《な》める。ずいぶんと用心深い。

しばらくして危険《きけん》はないと判断したのか、猫はゆっくりと食事をはじめた。腹が減っていると言っていたが、ガツガツ食べたりはしない。とても優雅《ゆうが》な食事姿だ。

「おいしかった？」

「……悪くはない」

すべてを食べ終え、ぺろりと口の周りを舌で舐める猫の顔は満足そうだ。どうやらお口に合ったようだった。

「ええと、猫さんは……」

「猫さんではない。余にはベレト三世《さんせい》という名前がある」

ベレト三世。猫にしては仰々《ぎょうぎょう》しい名前に愛未は驚き、口の中でつぶやく。

「なんだか、えらそうな名前ですね」

「当然だ！　王様だからな！」

ニャハハハハと笑うベレトに、愛未は困惑《こんわく》した。

「王様？」

「由緒《ゆいしょ》ある魔族《まぞく》の血を引く大魔王《だいまおう》だ」

どこまで本当の話かわからないが、猫がしゃべれる時点ですでに普通《ふつう》ではない。愛未はそれをいったん受け入れることにした。

「ええと、王様はなんで、あんなところで行き倒れていたの？」

愛未が尋《たず》ねると、ベレトは厳《きび》しい顔つきになった。

「魔界《まかい》で争いに巻き込まれてな、安息の地を求めてこの人間界にやってきたのだ。しかし身体がこちらの空気に慣れないせいで魔力切《まりょくぎ》れを起こしたらしい」

魔界の争い。魔力切れ。愛未の普段《ふだん》の生活からはかけ離《はな》れた言葉だ。

「ええと、魔力切れって治るの？」

「うむ。栄養を摂取《せっしゅ》し、ゆっくり休めば魔力は戻るだろう。というわけで、しばらくここで世話になるぞ」

いきなりそんなことを言われ、愛未は焦った。

「うちでは無理だよ！」

今まで愛未は動物を飼ったことがない。飼いたいと何度か頼《たの》んだことはあったが、そのたびに両親に動物を飼うのは簡単なことではないと諭《さと》され、反対されていたのだ。

「なぜだ？　直々《じきじき》に王の世話をする名誉《めいよ》を与えるというのに」

さすが王様。世話をしてもらうというのにいちいちえらそうだ。

「そう言われても無理なものは無理なの！」

「……か弱い余を追い出すと言うのか？」

ベレトが心なしか弱々しい目で見上げてくる。愛未は「うっ」と言葉に詰《つ》まった。このまま外に放り出せば、またお腹《なか》を空《す》かせて倒れてしまうかもしれない。

そのとき、リビングのドアが開いた。

「愛未ちゃん、ただいま」

中に入ってきたのは、母親の涼子《りょうこ》だった。買い物帰りなのか、食料品が入った大きな袋《ふくろ》を抱えている。ベレトと話すことに夢中で、まったく気づかなかった。

「どうしたの、その猫」

買い物袋を置いた涼子がベレトに気づき、愛未は固まった。

「あ……お腹が空いてたみたいで、道で倒れてたから連れてきたの」

「餌をあげたの？」

「うん、コンビニで買って……」

味のちがう猫缶をふたつ買ったのだが、愛未のささやかなお小遣《こづか》いでは、なかなか痛い出費だった。

「あの、お母さん。この猫ちゃん、元気が出るまでしばらく家に置いてあげてもいいかな？」

「だめよ」

涼子がぴしゃりと言う。

「動物を飼うのはとっても難しいのよ。ご飯やトイレのお世話もしなきゃいけないの」

「や、やるよ！」

「口で言うのは簡単なのよ」

愛未は唇《くちびる》を噛《か》み、隣《となり》に座っているベルトを見る。初めて会ったときの倒れていた姿が脳裏《のうり》をよぎった。今日だけは、引き下がれない。

「……このまま外に出したら、また倒れちゃうかもしれない。ちゃんと面倒《めんどう》見るから。お願い、お母さん」

愛未が頼み込むと、涼子はしばらくじっと考え込んだあと、ため息をついた。

「……わかったわ。愛未ちゃんがそこまで言うなら」

「本当……？」

パッと笑顔になる愛未を制すように、涼子は人差し指を立ててみせる。

「ただし、その猫が元気になるまでよ。お父さんにはお母さんから話しておくけど、帰ってきたら愛末ちゃんの口からもう一度頼みなさい。いいわね？」

愛末が頷《うなず》くと、涼子はやっと笑顔を見せた。

「それにしてもきれいな猫ちゃんだわ。飼い猫じゃないのよね？」

「う、うん。そうなの」

「人間風情《ふぜい》が余を飼おうとするなど、不敬であるぞ」

涼子に向かってそう言い放ったベレトに愛末はぎょっとする。しかし涼子は驚く様子がなく、「可愛《かわい》らしいのに鳴き声は低いのね。オス？」と訊《き》いてくる。どうやら涼子にはベレトの言葉は理解できていないようだった。

「オスだよ。王様なんだって」

「あら本当だ。額の金色の毛が王冠《おうかん》みたいに見えるわね」

涼子がくすくす笑いながら、ベレトの顎《あご》の下をくすぐるように撫でる。ベレトは嫌《いや》そうな顔をして「気易《きやす》く触れるな」と言ったが、喉《のど》がゴロゴロ鳴っていた。かなり気持ちよさそうだ。

「それより愛末ちゃん、制服のままじゃない。早く着替えなさい。宿題もするのよ。夕飯の支度ができたら呼ぶから」

「うん、わかった」

ベレトを抱《だ》いて二階の自分の部屋に入った愛未は、ほっと息をついた。

「おい、苦しいぞ」

「あ、ごめんなさい」

腕《うで》の中から不満の声が上がり、愛未はあわててベレトを下におろした。

カーテンやベッドカバー、勉強机の椅子《いす》のクッションなどを大好きなピンクでそろえた部屋は、小さいながらも愛未のお城《しろ》だ。ベレトはぐるりと部屋の中を見回すと、ベッドの上に飛び乗った。

「ふむ、なかなかいいベッドで寝ておるではないか」

ベレトはベッドに腰《こし》を落ち着けると、部屋の主《あるじ》である愛未に「そこに座れ」と言い、床に向かって顎をしゃくった。

「あのう、一応ここはわたしの部屋なんだけど……」

「はよう座れ」

青い目を吊《つ》り上げて睨《にら》みつけてくるベレトに、愛未は仕方なくランドセルをおろし、床に正座した。

「まずは余がここに滞在《たいざい》できるよう取り計らったこと、感謝《かんしゃ》するぞ」

ベレトの口からお礼の言葉が出たことに、愛末は少し驚いた。絶対にお礼など言わないタイプに思えたからだ。

「貴様は余の臣下《しんか》として、ほうびを取らせようと思う」

「シンカってなんですか？」

「君主《くんしゅ》に仕《つか》える家来のことだ。そんなことも知らぬのか？」

ベレトが小馬鹿《こばか》にしたように目を細める。なんだかお説教がはじまりそうな予感がして、愛末は話を元に戻すことにした。

「それより、ほうびって、なにをもらえるんですか？」

「貴様の願いを叶《かな》えてやる」

愛末はぱちぱちと目を瞬《しばた》かせた。

「願い？」

「ああ、そうだ。貴様が今一番叶えたい願いを申《もう》してみよ」

ベレトの言葉に頭をよぎったのは、今日の体育の授業のことだ。誰にも見向きもされない、選ばれない、ひとりぼっちの自分。

「……学校で、ひとりぼっちになりたくない」

ぽろりと口からこぼれたのは、ほとんど無意識からの言葉だった。

「ほほう。貴様、いじめられているのか？」

ベレトに言われ、愛未はぶんぶんと首を横に振《ふ》る。

「ち、ちがうよ。授業で人とふたりぐみにならなきゃいけないときに、わたし誰にも誘《さそ》われなくて、いつもひとりぼっちだから……」

「そういうことか。しかし誘われぬのなら、こちらから誘えばいいのではないか？」

「それができたら苦労しないよ……」

先生は『自由に』ふたりぐみになれと言うが、みんな、すでに相手は決まっている。欠席や見学、ケンカなどイレギュラーなことが起こらない限り、愛未はひとり余り続けるのだ。あの微妙《びみょう》な気まずい空気とみじめな気持ちは実際に体験しなければわからないだろう。

「貴様の悩《なや》みはまったく理解できん」

「……はい」

実は一度だけ、担任に話したことがあった。だが、今のように「自分から声をかけてみたら」と流されて終わった。

「理解はできんが、くだらぬ悩みだとも思わん」

意外な言葉に、愛未は目を見開いた。

「そ、そうですか？」

「そうだ。余は民《たみ》の苦しみはまったく理解できん。庶民《しょみん》の生活を知らんのでな。理解しようとも思わぬ」

自信満々にベレトは言う。

「しかし、民や臣下の苦しみを取り払うのは王のつとめだ——それ、これを貴様に与えよう」

ポワ、とベレトの前足が金色の光に包まれた。愛未は驚き、それに見入る。その光はベレトの足を離れ、丸い光の玉となってゆっくりと愛未の前に落ちてきた。あわてて手のひらで受け止めると、次第に光はおさまり、小さくふわふわしたものに変化する。

「……肉球？」

それはベレトと同じ白い毛並みに覆《おお》われた『猫の手』だった。小さなぬいぐるみのように見えるが、ピンク色の肉球を押すとほんのりと温かく、まるで本物のような感触《かんしょく》だ。

「ふむ、それでは持ちにくいか」

愛末の手のひらにちょこんとのった肉球のぬいぐるみを見て、ベレトがひょいと片足を上げる。愛末の手にある『猫の手』が再び金色の光に包まれた。しばらくして光が消えると、キーホルダーの金具がついていた。

「わあ、可愛い……！」

「ふん、当然だ。余の肉球をモデルにつくりあげたものだからな！」

ベレトの顔は、どこか誇《ほこ》らしそうだ。ナルシストなのだなあと愛末は思う。

「でも、なんで肉球なんですか？」

「人間はよく『猫の手も借りたい』と言うではないか！」

「それって忙《いそが》しいときに使うことわざですよ」

愛末が『猫の手』をふにふにと触《さわ》りながら言うと、ベレトがムッとした顔をした。

「いらぬなら返せ」

「い、いります！」

愛末は猫の手を抱きしめるようにして、首を横に振る。可愛いだけでなく触り心地も抜《ばつ》群《ぐん》な『猫の手』がすっかり気に入ってしまっていた。ベレトはフンと鼻を鳴らす。

「それを常に持っておけ。握《にぎ》って願いを念じれば、貴様の憂《うれ》いは解決するだろう」

「ウレイ？　ウレイってなんですか？」

愛未が首を傾《かし》げると、ベレトは目を吊り上げた。

「『憂い』だ！　辞書を引け！　辞書を！」

「ええ～」

愛未は思わず声を上げた。国語は一番苦手なのだ。

「『ええ～』ではないわ！　ベレト三世の臣下となるならば、もっと教養を身につけよ！」

「まだなると決めたわけじゃ……」

「なにか言ったか？」

ギロリと睨まれて、愛未は口をつぐむ。猫のくせにとても怖《こわ》い。

「宿題があると貴様の母親が言っていたな。それも出すがよい。余が特別に見てやろう」

愛未は机へと追い立てられ、夕食の時間までベレトの厳しい監視《かんし》のもと勉強をする羽目《はめ》になった。

翌朝、愛末が目を覚ますと、ベッドの足元で眠っていたはずのベレトの姿がなかった。

「あれ、王様……？」

昨日の夜は、ベレトが愛末のベッドを占領《せんりょう》しようとして大変だった。一緒に寝るという案をなんとか受け入れてもらったが、ベレトは寝付くまで「なぜ余が臣下と一緒に寝なければならんのだ」とブツブツ文句を言っていた。

愛末はパジャマの上からカーディガンを羽織《はお》り、眠い目をこすりながら、階段をおりる。目覚まし時計が鳴る前に起きたのは、久《ひさ》しぶりだった。

「おはよう、お父さん」

リビングに入ると、父親の良介《りょうすけ》が食卓《しょくたく》でコーヒーを淹《い》れていた。強面《こわもて》で口数も少ないので一見とっつきにくく見えるが、愛末にとっては優《やさ》しい父親だった。

「おはよう。早起きだな」

「うん、猫が気になって」

リビングを見回すと、ソファの上、一番肌触《はだざわ》りのいいクッションの上に探《さが》していた姿があった。白い身体を小さく丸め、窓《まど》から入る朝日を浴びながら、気持ちよさそうに目を閉じている。

「王様、おはよう」

「気安く触るでない」

愛未がベレトの白い毛並みを撫でようとすると、閉じていた目が眠そうに開き、睨まれる。

「王様って、その猫の名前か？」

良介がベレトを見て、首を傾げる。

昨日、仕事から帰ってきた良介に、愛未は「猫が元気になるまで家で飼いたい」とお願いした。良介はすでに母、涼子と話した後らしく、「ちゃんと面倒を見るなら」という条件で許可してくれた。

「ううん。名前はベレトって言うらしいの」

「三世を付けぬか」

ベレトからすかさず指摘《してき》が入る。だが、良介にはベレトの言葉は通じていないようだった。

「名前があるのに、どうして王様なんだ？」

「額のところの毛が王冠みたいだってお母さんが言ってたから、そう呼んでるんだ」

実は昨日、呼び名でもひと悶着《もんちゃく》あったのだ。呼び捨ては論外《ろんがい》、「ベーちゃん」も却下《きゃっか》され、「王様」に落ち着いた。

「あら、愛未ちゃん。もう起きたの？」

台所からサンドウィッチののった皿を持った涼子が現れた。

「おはよう、お母さん。王様が気になって」

「王様？　ああ、その猫ちゃんね。いつもは寝坊助《ねぼすけ》さんなのにえらいじゃない」

涼子の言う通り、愛未は寝起きが悪い。しかし、これからはベレトの世話をしなくてはいけないので、寝坊はできない。

「おい小娘《こむすめ》、朝食を持ってこぬか」

すっかり目が覚めたらしいベレトに急《せ》かされる。愛未は涼子を見た。

「お母さん、王様にご飯あげたいんだけど、なにか食べられそうなものあるかな？」

「それなら今朝、お父さんがコンビニで買ってきてくれたわよ」

愛未は目を見開いて良介を振り返った。

「お父さん、わざわざ買いに行ってくれたの？」

「ウォーキングのついでだ」

照れたように視線《しせん》を逸《そ》らす良介に、愛未は「ありがとう」とお礼を言った。

「王様にご飯あげたら、愛未ちゃんもご飯食べちゃいなさい。学校遅《おく》れるわよ」

「はーい」

愛未は涼子に元気よく返事をした。


「ふたりぐみになってくださーい」

いつも通り、体育教師の原口が言う。

今日はベレトが家にやってきてから、はじめての体育の時間だった。ベレトの言葉を使って言い替《か》えるなら『憂いの時間』だ。愛未はすでに辞書で調べ、『憂い』とは不安や憂鬱な思いという意味だと知っている。

愛未は体操着《たいそうぎ》のハーフパンツのポケットに手を入れる。中に入っているのは、ベレトからもらった肉球のキーホルダー『猫の手』だ。

愛未はベレトに言われた通り、『猫の手』をぎゅっと握りしめ『どうか、ひとりになりませんように』と心の中で念じた。そして、周りを見わたしてみる。クラスメイトはいつも通り、仲の良い子たちとペアを組んでいく。

やっぱり効果はなかったようだ——愛未が落ち込んでいると、「天野さん」と名前を呼ばれた。

「よかったら、わたしとペア組まない？」

顔を上げると、そこには同じクラスの女子が立っていた。学級委員長の斎藤里香《さいとうりか》だ。愛未が転校してきたばかりのころ、学校を案内してくれたことを思い出す。

「あ、もしかして相手決まってた？」

「う、ううん」

愛未は首をブンブンと横に振る。見ると、いつも斎藤さんと組んでいる子はちがう子と組んでいる。周りのみんなも、今日はちがう子とペアになっているようだった。

「じゃあ行こう」

「うん……！」

愛未は安心して、里香から差し出された手を取った。

「王様！」

学校から帰った愛未は、まっすぐリビングに向かった。

「なんぞ、騒《さわ》がしい」

テレビを見ていたベレトが、青い目を不機嫌《ふきげん》そうに細め、愛未を見る。愛未はランドセルをおろし、ベレトの前に正座した。

「聞いて！　今日の体育ね、あのキーホルダーのおかげで、ふたりぐみになろうって声をかけてもらったの！」

「ああ、余の『猫の手』か」

ベレトは思い出したように言った。

「そう！　学級委員の女の子が誘ってくれて。王様の魔法《まほう》すごいんだね！」

「当然だ。まあ今は魔力が十分回復してないから、それくらいの願いしか叶えられんがな」

「わたしには十分だよ。ひとりぼっちにならずにすんだんだから！」

愛未はスカートのポケットから取り出した『猫の手』をぎゅっと握りしめる。これさえあれば、とくに憂鬱だった体育の時間も、楽しく過ごせそうだ。

「一度、自分から誘ってみてはどうだ？」

喜ぶ愛未をじっと見つめていたベレトが、口を開いた。

「貴様は余の見込んだ人間だ。『猫の手』に頼《たよ》るのもいいが、貴様から誘えば一緒に組もうと思う人間も何人かはいると思うがな」

「……無理だよ」

愛未は『猫の手』を持ったまま、首を横に振る。愛未は自分に自信が持てない。もし誘って断られたらと思うと勇気が出なかった。なにもしないでひとりになることと、友達に断られてひとりになることは、まったくちがう。後者の方がみじめで、寂《さび》しい。

「とにかく！　王様の『猫の手』、大事にするね。本当にありがとう」

話を変えるように礼を言うと、ベレトはフンと笑った。

「当然だ。ありがたく思えよ。ついでに貴様のベッドを余に譲《ゆず》れ」

「ベッドは譲れませーん」

愛未は手の中の『猫の手』の温かさを感じながら、一瞬頭に浮かんだ『自分から誘う』

という選択肢《せんたくし》を打ち消した。


ベレトが来てから、二週間がたった。

あと一週間と少しで終業式だ。それが終われば、クリスマスと冬休みがやってくる。

「はよう寄越《よこ》さぬか！」

愛未が学校から帰ると、めずらしく自分から膝《ひざ》の上にのってきたベレトが、焦《じ》れたように言ってきた。

「はいはい、ちょっと待ってね」

愛未は猫用おやつのパッケージの封《ふう》を切る。中に入っているとろみのある液体を押し出すと、ベレトが待ちきれないというように小さい舌を伸ばし、ぺろぺろと舐めはじめた。

愛未の手をホールドし、おやつを食べる姿は、とても可愛い。

父親は仕事、母親はパートに出ているので、今まではひとりで過ごすことが多かった。

だがベレトが来てからは、こうしておやつをあげたり、学校で起こった出来事を話したり、一緒にテレビを見たり——そういう楽しい時間が増えていた。

「してまた、愛未よ。最近、学校はどうなのだ？」

おやつタイムを終えてから、ベレトが尋ねてきた。最近、ベレトは愛未のことをたまに名前で呼んでくれる。これも嬉《うれ》しい変化だ。

「楽しいよ」

ベレトが来る前までは、愛未は冬休みが待ち遠しくて仕方なかった。しかし今はそうでもない——なぜなら学校が憂鬱ではなくなったからだ。

ベレトの『猫の手』のおかげで、体育の時間、愛未は必ず誰かに声をかけてもらえるようになった。それに味を占《し》めた愛未は、休み時間なども『猫の手』の力を借りるようになった。すると、クラスの女子から話しかけられたり、一緒にトイレに行こうと誘われたりする。

いざ話してみると、彼女たちは気さくに愛未を受け入れてくれた。おかげで前とは比べ物にならないくらい学校の居心地がいい。

「貴様の憂いは消えたようだな」

「うん！」

この快適さを味わうと、もう二度と『猫の手』のない生活には戻れないと思った。

「なら、そろそろか」

独り言のように言ったベレトに、愛未は首を傾げた。

「そろそろって？」

「家を出ていくころあいだと思ったのだ。貴様への恩《おん》も返せたようだしな」

その言葉に、愛未は目を見開いた。

「え……王様、出ていっちゃうの？」

「そうだ。元気になるまでという約束だったであろう？」

ベレトと一緒に過ごすうちに、愛未はすっかりそのことを忘れていた。

「も、もうちょっとゆっくりしていったら？　そんなに急いで出ていくことないでしょ？」

愛未が言うと、ベレトはフフンと笑った。

「余がここを去っても、貴様に与えた『猫の手』は置いていくゆえ心配するな」

「そういうことを心配してるんじゃないよ！」

思わず大きな声を出してしまった。ベレトがキョトンとした顔をする。

「ちがうのか？　貴様はひとりぼっちになるのが嫌《いや》なのだろう？」

そう――ひとりぼっちになるのが怖かった。しかしベレトが『猫の手』を置いていってくれるなら、その心配はない。それなのに、まったく喜べなかった。
愛未が黙り込むと、めずらしくベレトが自分から膝の上にのってくる。愛未はその小さなぬくもりに縋《すが》るように、腕の中に抱きしめた。

＊
＊

ベレトから「そろそろ出ていく」と言われてから、二日がたった。

愛未は学校が終わると、寄り道をせず、一目散に家に帰るようになった。そしてリビングで新聞やテレビを見ているベレトを見て、ほっと胸を撫でおろす。

愛未の様子が変わったことをベレトも感じとっているのか、以前より小言が少なくなった。愛未がベレトの身体を撫でようとすると、嫌そうな顔をするだけで抵抗《ていこう》しない。

そんなベレトの態度が、愛未にはさよならへのカウントダウンのように思えた。

「ふたりぐみになってくださーい」

ベレトのことばかりを考えていた愛未は、体育教師の原口にそう言われて、ハッと我《われ》に返った。

今は体育の時間だ。これからペアを組み、柔軟をしなければならない。

愛未はいつものように、ハーフパンツのポケットに手を入れた。指先にやわらかな肉球の感触が触れる。

不意に、ベレトの言葉が愛未の耳によみがえった。

『余がここを去っても、貴様に与えた〝猫の手〟は置いていくゆえ心配するな』

愛未をひとりぼっちにしないために、ベレトは『猫の手』を置いていくと言ってくれた。

これさえあれば、ひとりぼっちにはならずにすむ。でも――。

愛未はポケットの中の『猫の手』から手を離した。周りを見わたすが、愛未に声をかけようとするクラスメイトはいない。そこに、友達ふたりと話している学級委員の姿が目に入った。

愛未は深呼吸《しんこきゅう》してから、そちらに足を向けた。

「斎藤さん」

声をかけると、里香がこちらを振り向いた。心臓が緊張《きんちょう》でばくばく脈打っている。今すぐ逃《に》げ出《だ》したい。そして、ベレトの『猫の手』の力を借りたい。

でも愛末は、そうしなかった。

「斎藤さん、わたしとふたりぐみにならない？」

そう言って、手を差し出した。

相手から答えが返ってくるまでの数秒が、こんなにも長く感じたのは、これがはじめてだった。

＊

「ただいま、王様！」

いつもより早足で学校から帰ってきた愛末は、玄関《げんかん》で脱《ぬ》いだ靴《くつ》をそろえるのももどかしく、リビングに向かった。

今日は特別、早く家に帰りたくて仕方なかった。体育の授業を途中で抜け出したいと思ったくらいだ。さすがにそれはできなかったので、おとなしく放課後まで我慢したけれど。

「王様、聞いて！」

リビングに入ると、ベレトがいない。いつもならこの時間は、お気に入りのクッションの上に座って寝ているか、テレビを見ているはず。嫌な予感が愛末の心に忍《しの》び寄《よ》る。

「王様、どこ?」

台所や廊下《ろうか》、風呂《ふろ》やトイレも見たが、ベレトの姿はない。愛末は階段を駆《か》け上《あ》がり、自分の部屋に入った。

やはり、ベレトはいなかった。

「もしかして、出ていったの……?」

そろそろ出ていくとは言っていたが、まさか黙《だま》っていなくなるとは思わなかった。もし魔界に戻ったのなら、愛末が追いかけるのは不可能だ。

なにか方法はないかと考えたとき、ふと思いついた。愛末はスカートのポケットを探《さぐ》る。

取り出したのは、ベレトの『猫の手』だ。

ベレトに「ひとりぼっちになりたくない」と願い、出してもらったもの。これを使えば、ベレトは戻ってくるかもしれない。

愛末が握りしめようとしたその瞬間《しゅんかん》、手の中の『猫の手』が金色に光りはじめた。

「えっ……?」

次第に光は弱くなり、消えた。それと同時に手の中の『猫の手』も跡形《あとかた》もなくなっていた。

「う……嘘《うそ》、どうして……？」

ベレトもいない。そのベレトがつくった『猫の手』も消えた。愛未にはもう、ベレトを取り戻す手段はない。

「王様……」

愛未はへなへなと、その場に座り込んだ。さよならも言えなかった。置いていくと言った『猫の手』まで消えてしまったではないか。一緒に過ごしたベレトとの日々が、なくなってしまった気がした。

「ひどいよ……王様の嘘つき！」

「誰が嘘つきだ」

気《け》だるそうな声が部屋に響いた。愛未がハッとして顔を上げると、自分のベッドの布団《ふとん》がもぞりと動いた。

そこから顔を出したのは、いなくなったはずのベレトだった。

「おっ、王様……？」

驚きすぎて、こぼれそうになった涙《なみだ》が引っ込んだ。ベレトは混乱する愛未をよそに、くあ、とあくびをする。

「まったく騒々《そうぞう》しい。人が気持ちよく眠っておったのに」

「王様は人じゃなくて猫でしょ……じゃなくて！　なんでわたしのベッドにいるんですか！」

「家を出る前に貴様の寝床《ねどこ》を堪能《たんのう》しておこうと思ってな」

ベレトは「やはりこのベッドは寝心地がいい」と言い、それから愛未の方を見て、ぎょっとした顔をした。

「……なにを泣いておるのだ」

「だって王様、いなくなったと思ったから！」

愛未は制服の袖《そで》で、濡《ぬ》れた目を拭《ぬぐ》った。しかし、涙は次から次へとあふれてくる。

「王様がくれた『猫の手』も消えちゃって……もう二度と会えないかと思った」

「『猫の手』が消えたのか？」

ベレトが怪訝《けげん》そうな声で尋ねてきた。

「うん、たった今」

「そうか……」

ベレトは自分の前足を見つめ、珍しく神妙《しんみょう》な顔をした。

「……王様、どうかしたの？」

『猫の手』は余の魔力でできている。その魔力が弱まっているせいで、実体を維持《いじ》できなくなったのだろうな」

「え……でも王様、魔力は休んだら回復するって言ってたよね？」

ここに来たとき、栄養を摂《と》って休めば魔力は回復するだろうと言っていた。

「最初はそう思っていたのだ。だが、人間界の空気はあまりこの身体に合わんようでな。多少は回復するが、こうして日々を過ごすだけですぐに消耗してしまうのだ」

愛未は青くなった。

「王様……もしかして魔力がなくなったら死ぬの？」

「勝手に殺すな」

ベレトがベッドの上から愛未を睨みつける。

「死にはせん。だが魔法が使えなくなる」

「魔法が？」

「こうして貴様と意思の疎通《そつう》が図《はか》れるのも、余の魔力が残っているからだ。しかし、もうしばらくすれば魔力は底をつく。貴様と話すこともできなくなるだろう」

ベレトは言い、うつむいた。

「すまぬな、愛未」

「……なんで謝《あやま》るの？」

「『猫の手』だけは置いていくと言ったが、できなくなった。今の余の力では、新しく『猫の手』をつくってやることもできん」

謝るベレトに、愛未はふるふると首を横に振る。

「わたしもう、『猫の手』は借りなくてもいいんだよ、王様」

愛未が言うと、ベレトはぴくりとその耳を動かす。

「どういうことだ……？」

「今日ね、『猫の手』を借りずに、自分からふたりぐみになろうってクラスメイトを誘ったんだ。そしたら、いいよって言ってもらえたの」

里香に手を取ってもらえたとき、愛未は信じられない気持ちだった。『猫の手』を借りなくても、ふたりぐみになることができたのだ。すぐにベレトに報告したくてたまらなかった。

「……そうか。余の力がなくても、ひとりぼっちにならずにすんだのだな」

ベレトはほっとしたように、そして少し寂しそうに笑い、ベッドから飛び降りた。そのままドアの方へと向かう。愛未はあわてて立ち上がり、ドアの前に立ちふさがった。

「王様、どこに行くつもりなの？」

「そこをどけ。出ていくのだ」

「……魔界に戻るの？」

ベレトは力なく首を横に振る。

「魔界に戻れば魔力は戻るが、争いに巻き込まれることにもなる。それは避《さ》けたいのでな。このまま猫として人間界で暮らすつもりだ」

魔力のないベレトはただの猫だ。このまま外に出れば、初めて会ったときのように行き倒れることは目に見えていた。

「だめだよ、王様。出ていかせない」

「魔力は回復しなかったが、身体はすこぶる元気になった。愛未の親との約束もある。余がこのままここにいることはできん」

「わたしがお父さんとお母さんを説得する」

青い瞳が、愛未の言葉の真意を確かめるように、じっと見つめてくる。

「……じきに話はできなくなるぞ。魔法も使えん。一緒にいてもなにもしてやれん」

「王様がいてくれるだけでいいの」

ベレトは愛未と目を合わせないようにうつむく。

「もう余は王ではない」

「じゃあ友達になって」

愛未はベレトの前に膝をつく。ベレトの戸惑うような視線が愛未に向けられた。

「友達……？」

「そうだよ。王様は――ベレトは、わたしの大事な友達」

愛未は『ベレトの手』をぎゅっと握り、心からの願いを口にした。

「ベレト――これからもずっと、わたしのそばにいてください」

その夜、夕食を終えたところで、愛未は目の前に並んで座る両親に切り出した。

「お父さん、お母さん、お願いがあります」

緊張で声が震《ふる》える。

「どうしたの、改まって」

母親の涼子が首を傾げる。愛未の隣の椅子には、ベレトが寄《よ》り添《そ》うように座っている。

愛未はそのぬくもりを心の支えにして、口を開いた。

「王様を――ベレトを、これからもずっと家に置いてほしいの」

愛未が言うと、涼子は隣に座っている良介と顔を見合わせ、そしてまた愛未に視線を戻した。

「愛未ちゃん。うちで猫を預かるのは元気になるまでって約束だったわよね？」

「……うん」

「お父さんとお母さんとした約束を、あなたは破るの？」

涼子の言っていることは正しい。約束を破るのは、よくないことだ。わかっている。けれど、諦《あきら》められなかった。

「ごめんなさい……でも、どうしてもわたし、ベレトと一緒にいたいの」

愛未が言うと、それまで黙っていた良介が口を開いた。

「愛未、一緒にいたいという気持ちだけじゃ生き物は飼えない。お金もかかるし、病気だってする。おまえは子どもだ。責任を取れないだろう？」

静かな良介の問いかけに、愛未は部屋から持ってきて、食事中は背中の後ろに置いておいたものを、テーブルにのせた。

「なんだい？」

「貯金箱。今までもらったお年玉がここの中に入ってる」

今までほしいものがなかったので、お年玉には手を付けていなかった。

「猫を飼うには足りないってわかってる。だからそのぶんは大きくなったらちゃんと払うから」

「愛未ちゃん……」

涼子が驚いたような声で名前を呼ぶ。

「わたしはまだ子どもだから責任はとれないけど、でも、責任がとれるような大人になれるように頑張《がんば》る……だからベレトと一緒にいさせてください」

これが、愛未が今できる精一杯《せいいっぱい》だった。目の端《はし》からぼろりと涙がこぼれ、膝の上に置いていた手を濡らした。愛末はせめて声を上げないよう、唇を噛みしめて我慢する。泣いてわがままを聞いてもらうような真似は、どうしてもしたくなかった。

そのとき手の甲《こう》に温かいものが触れた。

「ベレト……？」

下を見ると、ベレトが手の甲に落ちた涙を舐めている——なぐさめるように。

「愛末ちゃん、あなた、変わったわね」

愛末が顔を上げると、涼子がこちらを見て笑っていた。

「猫を飼ってから、寝坊もしなくなった。勉強も頑張ってる。それに、積極的に物事に取り組むようになったでしょう？　最近はお友達も増えたみたいだし」

そう言って、涼子は隣の良介を見る。

「お母さんはベレトを正式に家に迎えることに賛成よ。お父さんは？」

愛末はごくりと唾《つば》を飲み、難しい顔で腕組みをしている良介の言葉を待つ。

「お父さんも賛成だ」

良介の言葉に、愛末の涙は引っ込んだ。

「本当に……？」

「ああ。愛未がそこまで言うなら、認《みと》めよう。でもこれは受け取れない」

良介はテーブルの上の貯金箱を、愛未の方へ押しやる。

「彼にかかるお金はお父さんとお母さんで出すよ。うちの子になるんだからね。そのかわり、愛未がしっかり面倒を見てあげなさい」

「うん……！」

愛未は大きく頷くと、膝の上に移動してきたベレトを抱き上げた。

「ベレト！　これからずっと一緒にいられるよ！」

小さな身体を思い切り抱きしめると、ベレトが苦しそうに「にゃあ」と鳴いた。

愛未はハッとしてベレトを見る。ベレトは困ったように愛未を見つめていた。そこで気づいた――もうベレトと言葉は通じないということに。

ベレトは、普通の猫になっていた。

でも。

言葉が通じなくてもわかる――なぜならベレトと愛未は『ふたりぐみ』だからだ。

「……これからもずっと友達だからね」

愛未がベレトの手を握ると、ベレトは「にゃあ」と嬉しそうに鳴いた。

テディベアは呪《のろ》わない

一色美雨季《いっしきみゆき》

とある日の放課後。渡《わた》り廊下《ろうか》の真ん中に、ソレは落ちていた。

「え……なに、これ……?」

丸っこい茶色の物体は、美鈴《みすず》の目にも、ひと目でクマのぬいぐるみだとわかった。

問題は、そのクマのぬいぐるみが『のっぺらぼう』だったことだ。

「やだ、気持ち悪い」

一緒に部活に向かっていた女子サッカー部の吉田先輩《よしだせんぱい》が、眉《まゆ》の間に深いシワを寄せた。

「顔がないなんて、呪いの人形みたいじゃない? 触《さわ》らない方がいいよ」

「でも、新品みたいですよ、これ」

足元に横たわる、のっぺらぼうのクマを見つめながら、美鈴は答える。

手のひらに乗るほどの小ぶりなクマ。お店で売っているぬいぐるみのようなブランドタグは付いていなかったけれど、そのクマは汚《よご》れなどひとつもなく、とてもキレイに見えた。

「どこかのお店の不良品かも。目と鼻と口とをつけ忘《わす》れたまま、お店に並《なら》んじゃったとか」

「で、それを買った人が落としたの？」

信じられない、といった顔で、吉田先輩は美鈴の顔を見た。

美鈴はそのぬいぐるみを拾い、『拾得物回収箱《しゅうとくぶつかいしゅうばこ》』に届《とど》けてきていいですか？」と聞く。

「いいよ。顧問《こもん》と部長には、私が話しておくから」

吉田先輩の了承《りょうしょう》を得て、美鈴は今来た廊下を引き返す。

美鈴たちの中学校では、持《も》ち主《ぬし》のわからない落とし物は、生徒会室の前にある『拾得物回収箱』に入れることになっていた。そして放送部が行うお昼の校内放送で、週に一回、生徒会長が落とし物の特徴《とくちょう》を読み上げることになっているのだ。

――『のっぺらぼうのクマのぬいぐるみ』って、校内放送で流れるのかな。

不意にそんなことを想像し、思わず美鈴は笑いそうになった。

きっと学校中が大騒《おおさわ》ぎになるだろう。もしかしたら、学校の七不思議として語られるかもしれない。そのくらいのインパクトが、このクマのぬいぐるみにはある。

美鈴はクマのぬいぐるみを『拾得物回収箱』に入れた。

よくわからないぬいぐるみだけれど、早く持ち主のもとに戻ればいいな、と思いながら。

ところが。

翌日の朝、「おはよー」と教室に入った美鈴は、自分の席を見て驚《おどろ》いた。

きのう『拾得物回収箱』に入れたはずのクマのぬいぐるみが、どういう訳《わけ》か美鈴の机《つくえ》の上に置いてあったのだ。

「ええ？　どういうこと？」

驚く美鈴に、隣《となり》の席の石井《いしい》アヤが、「隣のクラスの森田《もりた》くんが、美鈴の落とし物だからって置いていったよ」と言う。

「きのう、渡り廊下のところで、美鈴がこのぬいぐるみを持っているところを見たんだって。それで、このぬいぐるみが『拾得物回収箱』に入っていることに気付いて、わざわざ持ってきてくれたみたいだよ」

「えええ？　私は、渡り廊下でこのぬいぐるみを拾ったの！　だから、私のじゃないよ！」

「なんだ、それじゃあ、森田くんの勘違《かんちが》いなんだ」

あははは、とアヤは楽しそうに笑う。美鈴にとっては、笑いごとではないのだが。

仕方ない。面倒《めんどう》だけど、一時間目が終わったらもう一度『拾得物回収箱』に持っていくしかない。

美鈴はふう、と溜《た》め息《いき》をつき、クマのぬいぐるみを机の中に入れた。

＊

昼休憩《ひるきゅうけい》のチャイムが鳴ると、美鈴はお弁当を片手に教室を飛び出す。グラウンドでリフティングの練習をするためだ。

体育館の横でササッとお弁当を食べると、美鈴はサッカーボールを持ってグラウンドに立った。ゴールネット裏《うら》が、いつもの美鈴の練習場だ。

リフティングとは、手以外の体の部分を使って、ボールをコントロールしながら地面に落とさないように蹴《け》り続《つづ》けることをいう。一見簡単《かんたん》そうだが、実は結構むずかしく、美鈴もこれを苦手としていた。フリースタイルといって、まるでダンスをしているかのようなリフティングもあるけれど、美鈴にとっては、あんなの夢のまた夢。まずは、普通《ふつう》のリフティングができるようにならなければいけない。

目標は、五十回蹴り続けること。そのためには毎日の練習が必要だ。

「一回……二回……三回……」

ポン、ポン、ポン、と軽い音を立てながら、美鈴はボールを蹴り上げる。

十五回あたりまではうまくいく。でも、二十回を過ぎた頃から集中力が切れてきて、三十回を超《こ》えた途端《とたん》、ボールは狙《ねら》いとは違うところにポーンと飛んでいく。

「三十一回……あぁっ、駄目《だめ》だあ！」

コロコロと地面を転がるボールを、美鈴は駆《か》け足《あし》で拾いにいく。

五十回のリフティングができないのは、女子サッカー部では美鈴だけ。

練習回数を重ねて体で覚えるしかないと教わったけれど、その道のりは険しい。とても五十回には届きそうにない。

予鈴《よれい》が鳴るまで練習して、美鈴は教室に戻《もど》った。

教室では、お弁当を食べ終わったみんなが談笑していて、美鈴を見るなり「おかえりー」と迎《むか》えてくれた。

苦手な数学と英語の授業を終えると、ようやく帰りのホームルームだ。ホームルームが終わると掃除《そうじ》の時間。美鈴の班《はん》は教室の掃除当番で、ふざける男子を注意しながらホウキでゴミをかき集める。

すると、廊下の向こうから学年主任の先生が、声を掛《か》けてきた。

「おーい安達《あだち》美鈴、ほら、お前の忘れ物だぞ!」

「なんですか?」

駆け寄った瞬間《しゅんかん》、美鈴は「あ!」と声を上げた。

「またクマのぬいぐるみ!」

「これ、安達のだろ? 今朝、安達の机に置いてあったのを見たぞ」

「違います! それは、隣のクラスの森田くんが勘違いして置いたんです!」

「え? そうだったのか?」

先生は笑い、「すまん、すまん。じゃあ、また『拾得物回収箱』に入れておいてくれ」と言う。

美鈴は大きな溜め息をついた。まるで勘違いの二次被害《ひがい》だ。どうしてみんな同じ勘違いをするんだろう。一緒に掃除をしていたアヤが、「そのクマ、また戻ってきたの? 美鈴、クマに取《と》り憑《つ》かれてるんじゃない？」と笑う。

「きっと呪いのぬいぐるみだよ、それ」

「えーやめて！　私、クマに呪われるようなことなんてしてないから！」

とはいえ、美鈴のところに届いてしまったものは仕方ない。部活に行く前に『拾得物回収箱』に持っていこう。……と思ったが、やっぱり部活が終わってから持っていくことにした。さすがに三度目ともなると、なんだか面倒くさくなってきたのだ。

そこに、音楽室の掃除に行った班が戻ってきた。おたがいに「掃除おつかれさまー」と声を掛け合っていると、その班の一番うしろにいた眼鏡《めがね》の女の子が、急に「あ！」と声を上げた。

同じクラスの渡辺悠子《わたなべゆうこ》だ。

「渡辺さん、おつかれさまー。どうしたの？」

「う、ううん、なんでもない」

悠子はすぐに視線《しせん》をそらした。美鈴は「そう」と答えて、とくに気にすることもなく自分の席に戻る。

美鈴と悠子は、仲《なか》が良いわけでも悪いわけでもない、普通のクラスメイトだ。それというのも、活発な美鈴とおとなしい悠子は、とりたてて接点もなく、席替《せきが》えでも一度も近くの席になったことがないので、ほとんど話をしたことがないのだ。

とりあえず、美鈴はクマのぬいぐるみを鞄《かばん》に入れ、部活に向かった。なんだか今日は変な日だなあ、と思いながら。

女子サッカー部のトレーニングは、多少のメニューの違いはあれど、だいたい男子サッカー部と一緒に行う。

そのあと、男女別々にミニゲームをして、部活は終わり。

ボールなどを片付《かたづ》けて、制服に着替えて、あとは家に帰るだけなのだが、美鈴たち一年生は、そのあと部室の片付けもすることになっている。

だから先輩達より遅《おそ》く帰るのだが、遅いといっても、せいぜい五分か十分だ。先輩達もおしゃべりしながら着替えをしているので、結局は一年生と同じ時間に帰ることが多い。

ところが、この日は違った。用事や体調不良などで、一年生は美鈴を除《のぞ》いて全員部活を休んでいた。いつもはおしゃべりをしながら着替える先輩も、どうしたことか、今日はさっさと帰ってしまった。

こんなことは初めてだ。

ひとりだけ部室に取り残された美鈴は、「やっぱり今日は変な日だなあ」と首を傾《かし》げる。

美鈴は、部室をささっと片付けて、壁《かべ》に掛かった部室の鍵《かぎ》を手に取った。あとはドアに鍵を掛けて、それを職員室に戻すだけ。

……あ、その前に、また『拾得物回収箱』にクマを入れに行かなければ。今度こそ、だれかの勘違いがなければいいんだけれど。

そんなことを考えながら部室を出ると、急に「あの……」と声がした。

見ると、そこには、渡辺悠子が立っていた。

「あ、おつかれさま。渡辺さんも部活が終わったところ?」

「ううん、私、帰宅部だから」

美鈴は「そうだったの?」と驚いた。悠子は美鈴のクラスメイトなのに、そんなことも知らなかったのだ。

「それより、今日、掃除のときに安達さんが持ってたぬいぐるみのことなんだけど……」

もじもじしながら、悠子は美鈴の鞄を見た。

たしかに鞄の中には、まだクマのぬいぐるみが入っている。一体それがどうしたというのだろうか。

「……あれ、もしかして、渡辺さんのクマだった？」

「う、うん！」

大きくうなずくと、悠子は美鈴の腕を引っ張り、今出てきたばかりの部室に連れ込んだ。

驚いたのは美鈴だ。

「どうしたの？」

「ごめんね、ごめんね、だれにも聞かれたくない話だから」

悠子は、美鈴に頭を下げる。

「あのテディベア、私の落とし物。まだ作りかけで、家庭科室に移動する途中《とちゅう》でなくしちゃったの！」

「え？　作りかけって、あれ、売り物じゃないの？」

「うん、私の手作り」

悠子の言葉に、美鈴はびっくりした。のっぺらぼうではあるけれど、あまりにも作りが丁寧《ていねい》でキレイだったので、てっきり既製品《きせいひん》だと思い込んでいたのだ。

悠子は鞄の中から小さな裁縫箱《さいほうばこ》を取り出した。そして、「すぐに顔を作ってあげたいの」と言った。

なんだかよくわからないまま、美鈴は大慌《おおあわ》てで鞄の中からクマのぬいぐるみを取り出す。

悠子は針《はり》と糸、それにぬいぐるみの瞳専用《ひとみせんよう》の黒いガラスボタンを取り出し、慣れた手つきで縫《ぬ》い付《つ》けはじめた。ぬいぐるみ作りなんて間近で見たことのない美鈴は、興味津々《きょうみしんしん》で悠子の手元を見つめる。

まるで魔法《まほう》を見ているみたいだった。キラキラしたガラスの瞳に、刺繍《ししゅう》の鼻先と口。のっぺらぼうだったクマの顔は、悠子の手によって、あっという間に可愛《かわい》らしい表情を得た。

「すごい……！　なんでこんなの作れるの？　どこかで習ってるの？　とっても可愛い！」

感激《かんげき》する美鈴に、悠子は照れくさそうな笑顔を見せる。

「おばさんに教えてもらってるの。……実は、私のおばさんはぬいぐるみ作家で、私も、将来はおばさんみたいになるのが夢なんだ」

「え、なに、それ？　そういうお仕事があるの？」

ぬいぐるみ作家という聞きなれない職業に、美鈴は好奇心《こうきしん》をくすぐられた。さらに詳《くわ》しく話を聞いていくと、悠子のおばさんは手芸本などを出している有名な人で、各地のぬいぐるみ教室で先生をしたり、個展《こてん》を開いたりと、とにかくすごい人らしい。

「そのおばさんに言われたの。『ぬいぐるみを作りはじめたら、ちゃんと最後まで作り上げなくちゃ駄目《だめ》。途中で投げ出したら、ぬいぐるみが可哀想《かわいそう》』って。だから私、早くこの子の顔を作ってあげたくて」

「だから、私の部活が終わるのを待ってたの？」

うん、と悠子はうなずいた。

「それなら、あのとき、言ってくれればよかったのに」

「でも……私がぬいぐるみを作ってること、誰にも知られたくなかったから……」

「え？　なんで？」

「…………」

途端に悠子は表情を曇《くも》らせた。さっきまで、ぬいぐるみ作家についてイキイキと話していたのが嘘《うそ》のようだ。

「……私なら、知られてもいいの？」

「安達さんはいつも努力している真面目《まじめ》な人だし、それに、この子を助けてくれた人でもあるから。――あ、そうだ、これ付けたらサッカー部のクマみたいになるよ！」

そう言って、悠子は鞄から赤いリボンを取り出した。女子サッカー部のユニフォームと同じ色のリボンだ。

悠子はそのリボンをクマの首に結ぶと「これ、もらってくれないかな」と美鈴に言った。

「え？　いいの？」

「うん。その代わり、私がぬいぐるみを作っていることは、誰にも言わないでほしいの。お願い」

どうして？　と聞いても、悠子は頑《かたく》なに理由を言おうとしない。なにか事情があるみたいだけれど、「理由を教えてよ」と言っても、口を閉《と》ざしたままだ。

あまりしつこく聞くのは、嫌《いや》がる悠子を追い詰《つ》めるようなものだ。美鈴が聞くのをあきらめると、悠子は、美鈴の手にポンとクマのぬいぐるみを置いた。

「外国では、クマのぬいぐるみのことを『テディベア』って言うんだよ」

ニコニコとうれしそうに、悠子は言った。

「この子は、私が自分で型紙から作った最初の子なの。私のオリジナルテディベア、第一号」

「え？　そんなに大事なもの、私がもらっていいの？」

「うん。安達さんなら、この子を大事にしてくれそうだなって思って」

美鈴は手のひらのテディベアを見た。

できあがったばかりの表情は、どこかうれしそうに微笑《ほほえ》んでいるように見えた。

「可愛がってあげてね」

悠子の言葉に、美鈴はうなずいた。悠子とテディベア、新しい友達を同時に二人も作ったような気がした。

＊

クマのぬいぐるみ——テディベアを受け取ったその日から、美鈴と悠子は仲良しになった。今では『悠ちゃん』『美鈴ちゃん』と呼び合い、同じクラスにいたのに今まであまりしゃべらずにいたなんて、本当にもったいないことをしたと思うくらいだ。

そんなある日のこと。

二時間目の授業が終わった瞬間、美鈴は隣の席のアヤに手を引っ張られて教室を出た。

二人が向かったのは少し距離《きょり》のある図書室。休憩時間は十分しかないというのに。

「どうしたの？」

急《せ》かすように美鈴が聞くと、アヤはもじもじしながら、「渡辺さんの噂《うわさ》、聞いたことある？」と、美鈴に聞き返した。

「なに？　聞いたことないけど」

「渡辺さん、呪いのぬいぐるみ、作ってるんだって」

「ええ？」

アヤの言葉に、美鈴は自分の耳を疑《うたが》った。そんな話、聞いたことがない。

「渡辺さんと同じ小学校だった子から聞いたの。その噂のせいで、渡辺さん、小学生の頃はクラスで仲間《なかま》はずれにあってたって」

唖然《あぜん》とする美鈴に、アヤはまるで追《お》い討《う》ちをかけるように、

「美鈴、あんなに練習してるのに、リフティングが目標の五十回までいかないって言ってたでしょ？　もしかして、もう渡辺さんからぬいぐるみをもらっちゃったんじゃないかって、クラスのみんなが噂してる」

と言った。

たしかに、美鈴は悠子からテディベアをもらっていた。自分の部屋に大事に飾《かざ》っている。でも、そのことは誰にも――アヤにさえ言っていない。

赤いリボンを結んだ、キラキラした目の優《やさ》しい表情のテディベア。あのテディベアが呪いのぬいぐるみなんて、そんなことある訳ない。

「アヤは、その噂を信じてるの？」

「信じてないよ！　でも、渡辺さんがいつもかくれて家庭科室でなにかを作ってるのは有名だし、今まで友達も作らずに、ひとりでいることが多かったから、きっとそういう噂を立てられたんじゃないかなって……」

アヤの声は少しずつ小さくなっていった。信じていないと言いつつも、心のどこかで、その噂を信じてしまいそうになっている自分に気付いているのだ。

「……アヤ、今まで内緒《ないしょ》にしててごめん。実は私、悠ちゃんからテディベアをもらったんだ」

「え！」

「でも、呪われてなんかないよ、絶対！」

「……それ、証明できる？」

美鈴は頭を抱《かか》えた。呪われてないなんて、どう証明すればいいのかわからない。言い出したアヤ本人も、そんなのわからないようで、困《こま》った顔をしている。

「とりあえず、悠ちゃんに本当のことを聞いてみよう」

その日の昼休憩は美鈴は日課のリフティングをやめて、お弁当を食べながら、アヤと一緒に、悠子に噂の真相を聞きにいくことにした。


三時間目、四時間目の授業を悶々《もんもん》とした気持ちで過ごし、そして、ようやく昼休憩を告げるチャイムが鳴ると、美鈴は待ってましたとばかりに「今日は一緒に校庭でお昼を食べようよ」と悠子を誘《さそ》った。

こんなふうに三人でお弁当を食べるのは珍《めずら》しいことだ。悠子は少しだけ不思議そうな顔をしたが、すぐに「いいよ」と言って、校庭についてきてくれた。

場所は、真っ赤なサルビアの花が咲《さ》く花壇《かだん》の横。昔の卒業生が寄贈《きぞう》したとかいうベンチに腰掛《こしか》け、三人はお弁当を広げ、食べはじめる。

話を切り出したのは、アヤだった。

「ねえ、渡辺さん。私ね、渡辺さんが小学生のときの噂を聞いたんだけど……」

その瞬間、悠子の箸先《はしさき》がピクン、と揺《ゆ》れた。そしてションボリと肩《かた》を落とし、「ごめんね」とつぶやくように言った。

「ごめんねって、なにが?」

「だって、私のこと、気持ち悪いと思ったでしょう?」

「そんなふうに思ったこと、一度もないよ!」

思わず美鈴は声を荒《あら》らげる。それをなだめるかのように、「私たちは、渡辺さんから本当のことを聞きたいだけだよ」と、アヤが優しく説明する。

悠子は溜め息をつき、箸を置いた。そして、ボソボソと小さな声で、小学生の頃のことを話し出した。

「私がおばさんの教室に通いだしたのは、小学五年生からなの」

当時の悠子は、ミシンも上手に扱《あつか》えず、おばさんが切ってくれた布を、印に合わせてチクチクと手で縫うことしかできなかった。

最初はへたくそで、お世辞《せじ》にも可愛いとは言えないようなものしか作れなかった。でも、二つ、三つと作っていくうちに、だんだんと可愛らしいものが作れるようになってきた。

素敵《すてき》なぬいぐるみが作れるようになれば、誰かに見てもらいたいと思うようになる。だから悠子は、自分の作ったぬいぐるみを学校に持っていった。仲良しの子に見せたいと思って。

ところが、それが予想以上に反響《はんきょう》を呼《よ》んで、「悠子がぬいぐるみを作れる」という噂が、あっという間にクラス中に広まってしまった。

ほとんどの子が「すごいね」とか「うらやましい」と言ってくるだけだったが、その中に、あろうことか「私のデザインしたぬいぐるみを作って」と言いだす子が現れた。

その子の差し出したデザイン画は、とても複雑《ふくざつ》だった。初心者の悠子に作れるわけがない。しかも、材料費は製作者である悠子が払《はら》うべきだと、よくわからない主張まで始めた。

もちろん、悠子は断った。「私には、こんなむずかしいぬいぐるみは作れない」「私のお小遣《こづか》いじゃ、全部の材料を買うことができない」と、きちんと理由を言って。

「それで？　その子、ちゃんと納得《なっとく》したんでしょ？」

そこまで無言で聞いていたアヤは、話の続きをせがむように口をはさんだ。

けれど悠子は首を横に振《ふ》り、「駄目。ぜんぜん納得してもらえなかった」と溜め息をついた。

『作れないなんて嘘に決まってる。材料だって、おばさんの教室にあるのを使えばいいじゃない』って。私がどんなに断っても、ぜんぜん許してくれなくて……それで……」

「……渡辺さんが呪いのぬいぐるみを作ってるって、変な噂をばらまかれたの？」

アヤの言葉に、悠子はコクンとうなずいた。

「もしかして、ぬいぐるみ作れることをかくすようになったのは、そのせい？」

「……うん。クラスで嫌なことが起きると、いつも私のぬいぐるみのせいにされるようになったから……」

「ひどい！　そういうの、逆恨《さかうら》みって言うんだよ！」

アヤは憤然《ふんぜん》として声を荒らげた。先程《さきほど》までの疑念《ぎねん》なんて、すっかりどこかへ行ってしまったようだ。

もちろん、美鈴も怒《おこ》っていた。

そんな理不尽《りふじん》な嫌がらせ、許せない。

けれど、これで、ようやく悠子がぬいぐるみを作っていることを内緒にしてほしいといった意味がわかった。こんなことがあったのでは、かくしたくなって当たり前だ。

「でもさ、そういう嫌なことがあったのに、それでもぬいぐるみ作家の夢をあきらめないなんて、悠ちゃんはすごいね」

美鈴の言葉に、悠子は恥《は》ずかしそうに微笑んだ。

自分の夢に向かって努力している悠子の姿が、美鈴には、リフティングがうまくなりたくて必死な自分と重なって見えた。

「とりあえず、渡辺さんの変な噂をなんとかしよう」

提案するアヤに、美鈴は「どうやって？」と小首を傾げる。

アヤは得意げに口の端《は》を上げた。そして、「いいことを思いついたの」と言った。

「でも、そのためには、美鈴の努力が必要だよ」


それから数日経《た》った、ある日のこと。

その日の三時間目は体育で、たった十分しかない休憩の間に、男子は教室、女子は更衣《こうい》室《しつ》で体操服《たいそうふく》に着替えなければいけない。

せまい更衣室で着替えていると、美鈴の近くで着替えていたクラスメイトが「そのキーホルダー、可愛いね」と、美鈴の鞄を指差した。

「ああ、これね、悠ちゃんが作ってくれたテディベアなの」

美鈴がそう答えた途端、クラスメイトの顔が引きつった。他の子達もひそひそと言葉を交わし、どこからともなく「呪いのぬいぐるみ」というつぶやきがもれ聞こえた。

美鈴の鞄についていたのは、赤いリボンを首に巻いたテディベアだった。

そう、美鈴がのっぺらぼうの状態で保護したクマのぬいぐるみだ。ずっと自分の部屋に飾っていたのだが、アヤの〝ある作戦〟のために、悠子に頼《たの》んでキーホルダーの金具を取り付けてもらったのだ。

ちらりと視線をすべらせると、悠子は更衣室の隅《すみ》でうつむいていた。きっと、クラスメイトのひそひそ声がつらいのだろう。そのひそひそ声を打ち消すように、わざとアヤが声を張り上げる。

「それ、ただのキーホルダーじゃなくて、美鈴のお守りなんだよね！　美鈴のリフティングが上達するようにって、悠ちゃんがわざわざキーホルダーにしてくれたの！　呪いのぬいぐるみを信じてる人なんて、バカみたい！」

ひそひそ声が一瞬《いっしゅん》にして静まり、今度はさざなみのようなざわめきに変わった。

美鈴は、悠子とアヤの腕《うで》を引っ張ると、「もう行こう」とグラウンドへ飛び出した。

グラウンドには石灰《せっかい》でラインが引かれ、そのそばには、当番が用意したサッカーボールが並べられていた。

今日の体育の授業は、男女ともにミニサッカーの簡易版《かんいばん》だ。

五人ずつ、A・B・Cの三つのチームに分かれ、順番に対戦していく。たとえばAとBのチームが対戦しているとき、Cチームは審判《しんぱん》をするというスタイルだ。

チャイムが鳴《な》り響《ひび》き、授業開始の合図を告げる。

校舎からのんびりと現れた体育の先生は、女子を円陣《えんじん》を組むように並ばせた。そして、その円陣の真ん中で、ミニサッカーのルールを説明すると、「それでは、各自、怪我《けが》のないように」とだけ言って、男子の様子を見に行ってしまった。

美鈴と悠子とアヤは、運よく同じCチームになった。最初は審判担当だ。

「それじゃあ、始めようか」

美鈴がホイッスルを手に取った、そのとき。

「ねえ、試合の前に、あのクマが呪いのぬいぐるみじゃないって、証明してみせてよ」

クラスメイトのひとりが、ニヤニヤしながら美鈴に話しかけてきた。美鈴は直感的に、更衣室で「呪いのぬいぐるみ」とつぶやいたのはこの子だと思った。

「証明って、どうすれば信じてくれるの？」

「リフティング。本当に呪われてないなら、目標回数を突破《とっぱ》できるでしょ？」

やっぱりそうきたか。

美鈴は「いいよ」とうなずいた。

そしてホイッスルを置き、ボールを手に取った。


リフティングには、いくつかのコツがある。

まずはボールの真ん中を蹴ること。ボールの高さは、高すぎても低すぎてもダメなこと。腕を使って体のバランスを取ること……などだ。

美鈴はそれを自分に言い聞かせると、ボールに集中した。そして、ポン、と軽く、最初のひと蹴りを決めた。

「一回……二回……三回……」

ポン、ポン、ポン、と軽い音を立てながら、美鈴はボールを蹴り続ける。

——これが、アヤが考えた呪いのぬいぐるみの噂をなくす作戦。

つまり、美鈴がわざとテディベアを見せつけ、そしてリフティングの練習成果を示すことで、嫌な噂など解消してしまおうというものだった。

「十四回……十五回……」

十五回あたりまでは楽勝。問題は、集中力が切れはじめる、このあたりから。

「二十五回……二十六回……二十七回……」

うまくいってる！

「三十一回……三十二回……」

まだまだいける！

「四十六回……四十七回……」

もうちょっと！

「四十八回……四十九回……」

緊張《きんちょう》の一瞬。

「五十回！」

目標回数に到達《とうたつ》した途端、ワッと歓声《かんせい》があがった。美鈴は満足して、あと数回蹴り上げたあと、にっこり笑ってボールを手でキャッチした。

「美鈴ちゃん、すごい！」

悠子が大きな拍手《はくしゅ》をくれる。アヤはひときわ大きな声で、『呪いのぬいぐるみ』なんて言った人は、美鈴と悠ちゃんに謝りなさいよ！」と、なおも意地悪を言おうとするクラスメイトをけん制する。

「おーい、なにやってんだ！　早く試合しろー」

あまりにも大騒ぎになったため、男子の授業を見に行っていた先生が戻ってきた。美鈴は慌ててホイッスルを手に取った。

誰かが蹴り込んだボールを、他の誰かがドリブルする。

グラウンドを駆け抜ける激《はげ》しい靴音《くつおと》と、みんなの興奮《こうふん》する声を聞きながら、美鈴は、リフティング五十回という目標を達成できた喜びを噛《か》みしめる。

自分のために頑張《がんば》ったリフティング練習が、結果的に悠子を助けることになった。努力する気持ちと気持ちがつながったのだ。それって、なんて素敵なことだろう。

体育の授業が終わると、悠子は真っ先に「おめでとう」と美鈴に言った。

「ありがとう」

「悠ちゃんのおかげだよ。テディベアをもらってから、なんだか調子がいいみたい」

悠子は美鈴がそう言うと、うれしそうにはにかんだ。

アヤは「呪いのぬいぐるみなんて噂を流したヤツ、さっさと謝りにこないかなあ」と言うけれど、悠子はもうそんなことは気にしていないようだ。だって、他の子達が「あんな噂を信じて、ごめんね」と、悠子のもとにやってきたのだから。


気がつけば、教室の中が以前より明るくなった。

クラスメイトに囲《かこ》まれながら、いつも悠子が笑っている。

「悠ちゃんは、いつか、おばさんを越《こ》えるぬいぐるみ作家になるかもね」

そんな悠子を見ながら、アヤが言う。美鈴も「そうだね」と返す。

「悠ちゃん、夢に向かって努力してるもんね。私達も応援《おうえん》してるし」

今、美鈴とアヤ、そして悠子の鞄には、おそろいのテディベアのキーホルダーがついている。

それは、悠子が、三人の友情の証《あかし》として作った特別なテディベア。

このテディベアの弟妹《きょうだい》が、いつか世界中の頑張る人達に届くといいなあ、と美鈴は思った。

ばいばい、またいつか

櫻《さくら》いいよ

挨拶《あいさつ》するだけの女の子のことを、友だちと呼《よ》ぶのはちょっと違《ちが》う気がする。そういう子のことは、友だちではなく顔見知り、というのだと思う。

中学校生活最後を迎《むか》える今日、ふとそんなことを考えた。

吐《は》き出《だ》す息が白く染《そ》まり、澄《す》んだ空気が喉《のど》を突《つ》き刺《さ》してくる。底冷えするような寒さの中、体を目一杯《めいっぱい》、縮《ちぢ》こまらせながら校門までの坂道を上った。隣《となり》を歩くお母さんも、相当寒いのだろう。しかめっ面《つら》だ。少し後ろを歩くお父さんは、鼻を真っ赤に染めて「とうとう卒業かあ」とつぶやいた。

校門をくぐると、保護者《ほごしゃ》は体育館に案内され、わたしはいつもの靴箱《くつばこ》に向かった。

「おはよー、さあこ!」

後ろから大きな声で叫《さけ》ばれて振り返ると、友人の涼《りょう》ちゃんがお母さんに声をかけてから、わたしに駆《か》け寄ってきた。いつもはポニーテールにしている髪《かみ》の毛を今日は下ろしている。

「おはよー涼ちゃん。さっむいね今日」

「ねー。大寒波《だいかんぱ》って朝テレビで言ってたよ」

卒業式の日に勘弁《かんべん》してほしい。うへえ、と言いながら渋《しぶ》い顔をすると、涼ちゃんがケラケラと笑った。一緒《いっしょ》に笑っていると、ちょっとだけ体温が上がる。

「卒業だねえ」

「ねー、あっという間だったねえ、中学校。四月からは私たちも高校生かあー。さあことも別れちゃうんだよねえ」

「実感まだないなあー。涼ちゃんとはこれからも、ずーっと遊ぶしさー」

「当ったり前じゃんー！」

涼ちゃんとは、家が近いこともあり、小学校から今までほぼ毎日顔を合わせていた。学校が別々になると、今までに比べたら会う時間が減ってしまうだろう。それはちょっぴり寂《さび》しいけれど、だからってわたしたちの関係は変わらない。

きっと毎日のようにメールや電話をするはずだ。

ふたりで「ねー」と友だちであることを再確認《さいかくにん》し合うように目を合わせ、いつものように話をしながら靴箱に向かった。

「おはよう、まゆゆ」

「あ、おはよ、さあこ」

廊下《ろうか》を歩いていくクールビューティーな彼女に気がついて声をかけると、振《ふ》り返り、にこりと笑ってくれた。その笑顔は極上。卒業式という最後の日に、まゆゆと会えてラッキーだ。ふへへ、と怪《あや》しげな笑みを向けながらひらひらと手を振って、本日の会話は終了。

「やっぱり丸池《まるいけ》さんって大人《おとな》っぽいよねえ」

涼ちゃんはまゆゆの後ろ姿《すがた》を見つめて感嘆《かんたん》の声を漏《も》らす。

まゆゆこと丸池真由《まゆ》は、隣のクラスの子で、学年でもかなりの美少女だ。目元はちょっと吊《つ》り気味で、黒目が大きく、サラッサラの黒髪ショートも、大人っぽさを醸《かも》し出しているように感じる。身長も高いし、手足も細く長い。モデルのようなスタイル。正直、中学生には見えない。

おまけに、類は友を呼ぶ、とはまさしくその通りで、彼女の周りも大人っぽく綺麗《きれい》だったり、かわいい子が多い。わたしとはグループが違う。たとえるならば、高級ブランドバッグと雑貨屋に売っている安価なカジュアルバッグ、みたいな。

だから、わたしとまゆが話していると、珍《めずら》しく映《うつ》るのだろう、

『さあこ、丸池さんと友だちだったっけ？』

今まで意外そうに何度も聞かれた。それに、

『ううん、ちょっと話したりするだけ』

と答えるのがお決まりだ。

すれ違うのは週に数回、そのたびに挨拶をするだけの関係。友だちと呼べるほど親しいわけではない。

教科書を忘《わす》れたとき、まゆに声をかけたことは一度もないし、逆もない。用事もなく、わざわざクラスに会いにいくこともなければ、一緒に帰ったこともない。もちろん休日に出かけるなんてことも。

っていうか、そもそもわたしはまゆの連絡先《れんらくさき》さえ知らない。話はする。ただ、それだけ。

珍しいことではない。学校には、まゆ以外にも、そんな感じの〝顔見知り〟がたくさんいる。

まゆゆと話すようになったのは、小学校六年生の春。

放課後の美化委員会、面倒《めんどう》くさいなあと思いながら始まりを待っていると、隣のクラスの委員が席についたのに気がついた。

誰だろう、知っている子だったらいいなあと顔を上げると、学年で名の知れている美少女——丸池さん——だった。

挨拶しようと思ったのに、間近で見る丸池さんの美人さに圧倒《あっとう》されて、思わず言葉を飲み込んでしまった。同じクラスになったことは一度もないけれど、わたしは彼女のことを知っている。丸池さんを知らない生徒は、きっと学年には誰もいない。

彼女はわたしのことなんか知らないだろう。どうしようか、なにか話しかけようか。こんなに近くに丸池さんがいるなんてなかなかない。

ぜひともお近づきになりたい！　と思いながらも、もじもじして一回目の委員会は一言も話せないまま終わってしまった。

次こそはせめて挨拶だけでも、と思い、挑《いど》んだ二回目。けれど、なにやらタスキを肩にかけて掃除《そうじ》時間に見回りをしようという微妙《びみょう》な提案《ていあん》の話し合いのせいで、声をかける余裕《よゆう》がなかった。

目立つ格好《かっこう》で校内を動き回るとか、なんの罰《ばつ》ゲームだ。

「……絶対やりたくないなあ」

ぽつりとつぶやかれた台詞《せりふ》に顔を上げると、丸池さんが渋い顔をしていた。

わたしの視線に気付いたのか、ハッとした表情をしてから、はにかむ。クールビューティーの恥《は》ずかしそうな笑顔に、女でありながら胸を射抜《いぬ》かれた。

え、なにこれかわいすぎる。

「嫌《いや》だよねえ、変に注目されて恥ずかしいよねー」

テンションが上がって、つい親しげに話しかける。

だいたい、掃除が好きとか綺麗好きだからという理由で美化委員になったわけではない。

ただ、じゃんけんに負けたからそうなっただけなんだよね、とぶつくさ言うと「あはは、私も」と、もっとかわいい笑顔を見せてくれた。

遠目に見ていると、近寄りがたい美人というイメージだったけれど、話してみると結構気さくで、すごく話しやすい。

「やるならせめて顔隠《かく》したいよね。お面とかつけて」

「みんなで同じ仮面つけて？　それなら楽しそう」

「なんか戦隊モノの悪役みたいになりそう」

調子に乗って話し続けると、あはは、と大きく口を開けて笑われた。美女らしからぬ笑い方に好感度が跳《は》ね上《あ》がる。

「丸池さんは――」

「丸池さんって慣れないから〝真由〟でいいよ」

まさか名前呼びを許されるとは！

つい、嬉《うれ》しくて『いいの!?』と身を乗り出すところだった。

「小夜子《さやこ》ちゃん、だよね」

まさかわたしの名前も知ってくれていたとは！

「え、うん、そう！　あ、〝さあこ〟でいいよ」

「こらーそこ。しゃべってないで話聞くように」

興奮気味に話していると、教壇《きょうだん》にいた先生がわたしたちを指さした。すみません、とぺこっと頭を下げてから、ふたりで目を合わせてくすくすと笑う。

それから〝まゆゆ〟と〝さあこ〟と呼び合う間柄《あいだがら》になった。

真由、と呼び捨てにするのはなんだかしっくりこなくて、勝手にわたしが言い始めたあだ名を、まゆゆは「かわいい」と快く受け入れてくれた。

委員会を除《のぞ》けば、まゆゆとはあまり話をする機会はなかった。見かけるたびに挨拶をするだけ。それでも、小学校の間は隣のクラスだったこともあり、一日一回は話すキッカケがあった。

同じ中学に入り、入学式ではクラス分けのプリントで自分のクラスにまゆゆがいないか探した。けれど、わたしは3組で、まゆゆは7組。隣でもない距離《きょり》に落胆《らくたん》する。

クラブもわたしはバレー部で、まゆゆは硬式《こうしき》テニス部。委員会も違うし、教室も遠いから使用するトイレも別だったので、そこで会うこともない。接点が全くなくなってしまった。

廊下ですれ違ったときは声をかけるけれど、それも週に一度あればいいほうだ。内容も、バイバイとか、またねとか、そんな一言二言。

おまけに、まゆゆは中学に入ってから以前よりもさらに美人になった。大人っぽくなり、クラスの男子がまゆゆのことを噂《うわさ》しているのを聞いたこともある。

なんだか、小学校のときよりも、まゆゆを遠い存在《そんざい》に思うようになった。

このまま、疎遠《そえん》になっちゃうのかなあ。

そんなふうに思っていた、中学一年の夏のある放課後のこと。

一緒に帰る友だちが教室に忘れ物をしたと言って取りに戻り、ひとりで自転車置き場に向かうと、そこにまゆゆがいた。

たくさんの木が周りに立ち並《なら》んでいるからか、セミがやかましいほど鳴いていた。

じりじりとコンクリートを焼く太陽の日差しの中、まゆゆが渋いオレンジ色の自転車に手を伸ばしていた。おしゃれな自転車は、彼女にぴったりだった。

「まゆゆ、今帰り？」

「うん、そう。あれ、さあこチャリ通だっけ」

「友だちと待ち合わせー」

会話するのは久々《ひさびさ》だなあと嬉しく思った。友だちがそばにいたら、こんなふうに話せなかっただろう。忘れ物をした友だちに感謝《かんしゃ》さえ感じる。

そのとき、手にしていた携帯《けいたい》がブルブルッと震《ふる》えて、友だちからのメールを受信した。

『今からすぐ向かうー』という文字と焦《あせ》ったような汗マーク。

「あ」

「え？」

「そのストラップ、私とおそろい」

そう言って、まゆゆはポケットから携帯を取り出した。

携帯のケースからぶら下がっている、タッセルのついたストラップ。

友だちに、なにこれ？　といつも聞かれるものだ。みんながはやりものを揃《そろ》えて持つ中で、流行とは程遠《ほどとお》いモチーフだからだろう。でも、わたしのお気に入りのストラップだ。

それは、自宅から少し歩いたところにある小さな雑貨屋で去年、買ったもの。店長さんの手作りの一点もので、みんなに人気の駅前の大型ショッピングモールでは決して手に入らない。

わたしのは薄《うす》いブルーだけれど、まゆゆのは金色のような茶色のような大人っぽい色だった。

「え!?　あの店の？　うわあ、おそろいだね！　すごい偶然《ぐうぜん》！」

「初めて一緒の持ってる子に会ったよー！　あの店すっごくかわいいよね」

「そうなの、かわいいんだよー！　わたし、ペンケースもあの店で買ったんだよ」

「あ、私、ポーチ持ってるよ」

「えーどんなの？」

身を乗り出すように聞くと、まゆゆはカバンから取り出して見せてくれた。深いグリーンの生地の上に、薄いグリーンの透《す》ける生地が重ねられていて、間にキラキラ輝《かがや》く星形のスパンコールが入っている。ファスナーには月のモチーフがチェーンでつけられていた。

とてもかわいくて、いつごろ店に並んでいたんだろうと、うらやましく思った。

全てが一点ものなので、売れてしまうと二度と手に入らない。気になっていた商品を、後日お小遣《こづか》いが入ってから買いに行っても、だいたいなくなっている。

だから、わたしは誰《だれ》にもお店の存在を教えなかった。だってファンが増えれば増えるほど、わたしが買えるチャンスが減《へ》ってしまう。

でも、こうして偶然、同じお店のファンに会えるのは、とても嬉しい。

まゆゆも同じ気持ちなのか、興奮気味にいろんなことを話してくれた。

誕生日《たんじょうび》プレゼントは、中学生のお小遣いでは手の届《とど》かない腕時計《うでどけい》を買ってもらったこと。落ち込んでいるときもお店に行って、かわいいものに囲《かこ》まれていると、それだけで元気が出ること。

「どうしてもほしかったブローチがあったんだけど、お金貯めてるうちに売れちゃって、似たものを手作りしてもらったこともあるんだ」

「えー！　すごい！」

まゆゆにそんな熱い一面があるなんて。

今度わたしもあきらめきれないものに出会ったら頼《たの》んでみようかなあ、と言うと「私が言ったことは黙《だま》っててね」と言って笑った。

「ふふ、おそろい。初めて」

まゆゆは自分の携帯についているストラップを掲《かか》げて秘密《ひみつ》を楽しむような笑顔を見せた。

わたしも、同じようにストラップを持ち上げて「ね」と歯を見せた。

まゆゆもわたしもそれ以上、言わなかった。

けれど、お互《たが》いにこの話を他の子には言わないだろうなあと思った。

ふたりだけの、お店だ。

その後すぐに友だちがやってきて、わたしたちは互いに携帯をポケットに入れてから別れを告げた。

「またね」

「バイバイ」

手を振って、離《はな》れていく。

またね、と言ったからって、次の日からもわたしたちの関係に変化はなかった。挨拶をするだけ。

けれど、まゆゆが特別な存在に思えた。

＊

教室に入ると、いつもと違った雰囲気《ふんいき》が漂《ただよ》っていた。

制服はいつもと一緒だし、顔ぶれも一緒。昨日も会ったクラスメイトが揃っている。なのに、なにかが違うのは、今日が中学最後の日だからだろう。

「あ、おはよう、さあこ！　涼ちゃん！」

「おっはよー」

わたしたちの姿に気付いた友だちが、ひらひらと手を振った。

「ねえねえ、写真撮《と》ろうー！」

「あ、わたしも撮りたいー」

すぐにコートとマフラーを脱《ぬ》ぎ捨《す》てて、カバンから取り出したデジカメを片手にみんなで順番にポーズを取る。仲がよかった友だちはもちろん、男子とも、いつもならあまり話さないクラスメイトとも気軽に並んで写真に写る。

あちらこちらでシャッター音が鳴り響く。

その流れで、隣のクラスにも写真を撮りにいくことになった。

せっかくだし、まゆゆとも写真を撮ろう。一緒に並ぶと、まゆゆとわたしの顔の造りの違いに目をそらしたくなるかもしれないけれど、それはそれで思い出だ。なによりも、一緒の写真を残しておきたい。

数人の友だちと一緒に廊下に出て、みんなで「さむー!」「マフラー巻いてくればよかったー」ときゃっきゃと叫びながら走った。

まゆゆのクラスはわたしのクラスの二つ隣。靴箱で見かけたので、まゆゆも教室にいることは間違いないだろう。

隣のクラスで記念撮影《きねんさつえい》をし始めた友だちからさり気なく離れて、まゆゆのクラスをそっとのぞき見ると、わたしたちと同じようにみんなで写真を撮り合っていた。ずいぶん仲がよさそうだ。

その輪の中にいるまゆゆは、決してクールビューティーな近づきがたい女の子ではなかった。普通《ふつう》の、かわいい女の子だ。満面の笑みがまぶしい。

わたしには、このクラスに親しい友人がいない。まゆゆとだって友だちと言えるほど仲がいいわけじゃない。そんなわたしが、この雰囲気の中、どう声をかければいいんだろう。親しげに名前を呼んだら、お前誰だって感じじゃない？　友人でもないのになんなの急に、とか思われそうだ。

もしかすると、場違いかもしれない。

カメラを持つ手にじわりと汗が浮かんでくるのがわかった。クラスのムードに流されて浮かれ気分でここまで来たけれど、よくよく考えればそんな仲じゃないよね、わたしたち。

「あれ？　さあこ？」

どうしようか、教室に戻ろうか、と悩《なや》んでいるわたしに、まゆゆが気がついて声をかけてくれた。

近付いてきてくれるまゆゆに、申しわけない気持ちになる。せっかく友だちと写真を撮っていたところを、邪魔《じゃま》してしまったかもしれない。

「どうしたの？　誰か探してる？」

「あー、いや、大丈夫！　友だちいるかなーって探しにきただけ」

「ああ、今みんないろんなクラスに行っちゃってるもんね。私の友だちも、さっきからクラスを駆け回ってるよ」

「わたしも、友だちと教室回ってるところ」

「小学校のときと違って、バラバラになっちゃうもんね」

そういえば、小学校の卒業式では、まゆゆと写真は撮らなかったなあ。

まだ知り合って数か月の関係だったし、中学も同じであることを知っていたからかもしれない。

「まゆゆは、高校どこだっけ？」

「受かってれば制服がかわいいT高校かな。さあこは？」

「わたし、隣の県の私立の共学校。もう合格済《ず》み」

「えー、いいなあ。私、発表まで落ち着かないよー」

たしか公立の発表は卒業式の一週間後くらいだったはずだ。合否《ごうひ》が出ていない状態《じょうたい》で卒業式を迎えるのは嫌だ、と友だちも嘆《なげ》いていた。

とはいえ、まゆゆの落ち着きを見ると、滑《すべ》り止《ど》めの高校は受かっているのだろう。いずれにせよ、言わないってことはわたしの通う高校ではないんだなあ、と思った。

そっかあ。まゆゆとは、今日が最後になるんだ。

友人と言えるほどの関係ではないわたしたちは、高校が離れてしまえばこの先ほとんど会わないことになる。こうして話せるのは今日が最後。

T高校はわたしの高校とは方向も逆だ。せいぜい最寄り駅で出会うとか、数年後の同窓《どうそう》会《かい》で会うくらいだろう。だとしたら、せっかく話しかけてくれたし、写真を――。

「あ、ねえ」

「まーゆー！　写真撮るよー！」

「あ、待って待って！　じゃあ、またね！」

写真を撮ろう、と言いかけたとき、まゆゆの友だちが手招きした。それに返事をしながら、あわてて駆け出していく、まゆゆ。

「あ、いたいた。さあこ、そろそろチャイム鳴るよー」

「うん」

涼ちゃんがドアからのぞき込んでいたわたしの肩《かた》をたたく。と同時に、校舎《こうしゃ》にチャイムが鳴り響《ひび》いて、急いで教室に駆け戻った。

今日はいつも遅刻気味《ちこくぎみ》の先生も教室にやってくるのが早かった。しかも、普段《ふだん》はジャージ姿なのに、今日はびしっとスーツで髪の毛もオールバックにしている。気合の入った姿にクラスのみんながどっと笑った。

簡単な挨拶を交わしてから、出席番号順になって廊下に整列する。体の芯《しん》が凍《こお》るのではないかと思うほど空気が冷えていた。息をすると喉がひりひりする。

もうすぐ、卒業式が始まる。両親も保護者席に座っているだろう。

最後なんだなあ、と感傷《かんしょう》に浸《ひた》りつつも、何時間あるのかと想像するとちょっと面倒くさいなあ、なんて思いながら体育館に向かった。

卒業生入場に、卒業証書授与《そつぎょうしょうしょじゅよ》だったり先生たちの挨拶。想像以上に退屈《たいくつ》な卒業式に欠伸《あくび》を何度も嚙《か》み殺《ころ》した。でも多分、何回かは無意識に大きな口を開けていたような気もする。

いったい何時間、おじさんたちの長い長いありがたいお言葉を聞かなくちゃいけないのだろう。体育館のパイプ椅子《いす》はお尻《しり》が痛《いた》くなるから嫌《きら》いだ。おまけに体育館は寒い。足先が冷えてじんじんと痛む。体も力が入ってしまい、ガッチガチに固まってしまった。

早く終わらないかなあ……。

でも、そんな雑念《ざつねん》は、答辞で吹《ふ》き飛《と》んだ。

『今日までの三年間、いろいろなことがありました』

『多くの仲間と出会い、ともに時間を過ごすことができました』

『中学校生活は今日で終わりを迎えます。明日も教室に行くと、これまでと変わらない毎日がそこにあるような気がします』

『友人たちと過ごした当たり前の日常がなくなってしまうと思うと寂しいです』

壇上《だんじょう》に立ち、背筋《せすじ》を伸ばしながらも震える声で告げる卒業生代表の女の子の台詞に、喉がきゅうっと締《し》め付《つ》けられて、目頭が熱くなった。

今日で、最後なんだ。

もう、昨日までのようなみんなとの学校生活は二度と、過ごせないんだ。

昨日までと明日からを思い浮かべて、改めて実感した。誰かがすすり泣く声が聞こえる。

やがて、司会の先生が『卒業生の退場です』とマイクに向かって言った。

ああ、終わりだ。そう思って立ち上がり、最後くらいは、と思い、背筋を伸ばして歩き出す。

涙《なみだ》をハンカチで拭《ぬぐ》っている子、座っている後輩《こうはい》に手を振る子。友だちと談笑しながら歩く子。

そんな同級生を見ながら歩いていると、聞き覚えのある曲が流れていることに気がついた。

吹奏楽部《すいそうがくぶ》の演奏《えんそう》だ。たしか、去年リリースされた曲。

友情や恋愛《れんあい》の切なさが、じんわり胸《むね》にしみるような歌詞《かし》を書く男性三人組のバンド。一時期、すごくハマッて聞いていたのを思い出した。

＊

一昨年《おととし》の、秋。

部活のないその日、わたしは放課後ひとりで校舎を歩き回っていた。

青空から夕焼けに変わりだした頃、遠くから微《かす》かに音楽が聞こえてきて足を止めた。出所はどこだろうかと辺りを見回しながら角を曲がると、廊下の突き当たりで窓にもたれかかりながら佇《たたず》んでいる人影を見つけた。

人気《ひとけ》の少ない音楽室のそばで窓の外を眺《なが》めていたまゆゆの姿。聞こえてくる音は、まゆゆの携帯からだった。

まゆゆの横顔があまりに綺麗で、つい、見惚《みと》れてしまう。視線を感じたのか、わたしのほうを見て驚いた顔を見せた。そして音楽がやむ。

「どうしたの、さあこ。こんなところで」

「ちょっと……散歩してた」

「学校で？」

クスクスと笑われて、顔が赤くなってしまう。

「ま、まゆゆこそ、どうしたの」

誤魔化《ごまか》すように明るい口調で問いかけると「ちょっと、ね」と意味深《イミシン》な返事がきた。

心なしか、憂《うれ》いを帯《お》びているような表情に、ここで立ち去るべきなのか一瞬考える。

悩みでもあるの、と聞いたところで、友だちでもないわたしに話してくれるかも疑問《ぎもん》だ。

「……失恋《しつれん》して、黄昏《たそが》れてた」

「え!?」

ポツリと、窓の外を再び眺めながらつぶやかれた内容に、大きな声を上げてしまう。

「そんなに驚くことでもないでしょー」

「いや、驚くよそれは……信じられない。まゆゆを振って誰と付き合うっていうの」

そう言うと、まゆゆはおかしそうにカラカラと笑った。

まゆゆから失恋って単語が出てきたら、誰だって驚く。

だって、まゆゆだよ。失恋って、まゆゆのことを振った男子がいるということだ。誰だ、そんな身《み》の程知《ほどし》らずなやつは。

とりあえずまゆゆに近づき、隣に並んだ。

窓の外に見えるのは、中庭と体育館。誰の姿も見えない。見えるのは黄色に色づいた葉っぱを揺《ゆ》らしている木々だけだ。

窓から入ってくる風に含《ふく》まれた金木犀《きんもくせい》の香《かお》りに、秋だなあ、と思った。

「失恋って言っても……告白したとかじゃないんだけどね」

独《ひと》り言《ごと》のように小さな声で言った。

「好きな人に、彼女ができたの」

「……そっかあ……」

それは、つらいだろうなあ。

そう思ったけれど、口にはしなかった。わたしはまだろくに好きな人ができたことがない。片想いの切なさも、失恋の悲しさも、まだ知らない。未経験のわたしが『つらかったよね』なんて安易《あんい》に言えない。

「まあ、最初からわかってたんだけどね。部活の先輩《せんぱい》なんだけど、付き合った女の先輩とは仲がいいなあーって前から思ってたし」

相手は先輩なのか。

「そもそも、私あんまり好かれてなかったし」

「そ、そんなこと絶対ないよ！」

「ふふ、ありがとう。でも、仲のいい後輩でもなかったから。なんの努力もしてなかったの」

そう言って、再び携帯を触《さわ》り、音楽を鳴らす。

「で、この曲聞いて感傷に浸ってたの」

近くで聞くと、耳にしたことのある音楽だ。たしか最近ラジオでよく流れている。歌手名も曲名も思い出せないけれど、男の人の優《やさ》しい声がいいなあ、と思った記憶《きおく》がある。

放課後、まゆゆはずっとここで音楽を聞きながら過ごしていたのだろう。たったひとりで。

わたしはなにも言えなくて、ただ隣で一緒に音楽を聞いていた。

目を閉じて、窓から入ってくる風を頬《ほお》で感じながら過ごす。

一曲目が終わり、二曲目。同じ歌手の声。さっきは恋人と別れた雰囲気の歌詞だったけれど、次は友人との日々を歌ったものだった。

大人になって、昔なにかの理由で離れてしまった友人との思い出を語っている歌詞。

「わたしが散歩してたのは、友だちと喧嘩《けんか》したからなの」

「そうだったんだ」

なんとなく、口をついて出た言葉に、自分でもびっくりしてしまった。

まゆゆが話してくれたからわたしも、と思ったわけでもない。まゆゆと一緒にいたら、話をしたくなっただけ。悩みを聞いてほしいとか、誰かに聞いてほしいとか、そういうのとはちょっと違う感じだ。

「些細《ささい》なことなんだけど……ね」

ちょっとした意見の食い違いで、お互いに言葉が過ぎてしまった。喧嘩したときは自分は悪くない、と思っていたけれど、今、冷静になって思い返すと言い過ぎたかな、と思う。

「今日……部活がないから一緒に遊ぼうって話してたんだけどね」

喧嘩したまま一度も口を利《き》いていない。そのまま放課後になり、約束もなくなってしまった。

本来なら友人と笑って過ごしていたはずの放課後。そう思うと、なんの用事もなくまっすぐ帰宅するのが嫌だと思った。だから、ふらふらと校内を歩き回って時間をつぶしていた。

「さあこなら、すぐ仲直りできるよ」

「……そうかなあ」

「ちょっとした喧嘩なら、大丈夫だよ。さあこと友だちやめたいなんて思う人いないと思うなあ」

それはちょっと持ち上げすぎな気がする。

「かわいいもん。いつもにこにこして、話しやすいし、楽しいし」

「そ、そうかなあ」

真顔で言われると、さすがに照れてしまう。

「私は怖《こわ》そうって思われてあんまり話しかけられないもん」

「怖いんじゃなくて綺麗だからよ、それは！」

食いつくように否定《ひてい》すると、まゆゆはちょっと驚いた顔を見せてから「あはは」と笑った。

その後は他愛もない会話をしていた。失恋した話も、喧嘩した話も一切せずに、最近見たものや聞いたこと、美味《おい》しかったお菓子《かし》なんかの話。

なんの意味もないし、あとあと思い返すような話でもない。細かな内容はもう思い出せない。

けれど、あの空気だけは覚えている。

悲しさと、心地よさ。

わたしの頬を撫《な》でる、金木犀の香りをまとった秋風。遠くで聞こえる部活動の音。澄み切った空気に、白味がかった薄水色の空。

わたしたちはあの日、小さな傷《きず》をこっそりと癒《いや》した。

再び教室に戻ると、最後のＳＨＲ《ショートホームルーム》が始まった。先生からの言葉に、途中《とちゅう》で泣き出した女の子を、周りの子も涙目で眺めていた。

ＳＨＲが終わると、みんなで席を立ち、号令に合わせて頭を深々と下げる。

先生もちょっと涙ぐんでいた。

「今日、一旦《いったん》、家に帰ったら、みんなでカラオケ行くよねー」

「もちろん！」

周りにいた友だちに涼ちゃんが声をかけると、みんなが一斉《いっせい》に返事をする。

「みんなと帰るのも、最後かあ」

友だちのひとりがぽつん、とつぶやいた。

「一緒に帰れなくっても、いつでも連絡すれば会えるじゃん！」

「そうなんだけどさあ」

やっぱり悲しいよ、と靴箱を眺めながら言った。

友だちの不安も、わかる。

わたしも、卒業は寂しい。今まで毎日のように会っていた友だちと、もう学校で会うことはない。三年間通った学校にも、滅多《めった》なことがない限り、来ることはないだろう。

これからも涼ちゃんやみんなと、会えたらいいと思っている。けれど決して今と同じようにはできない。約束をしなくても会えた今までの日々とは違う。

でも、友だちでなくなるなんてことはない。携帯でいくらでも連絡は取れる。休みの日に会おうと思えば会える。

そう思うと、少し気持ちが落ち着いた。

「いつでも会えるよ」

わたしは自分に言い聞かせるように、そう言った。

とりあえず、早く家に帰ってお昼ご飯を食べて遊ぼう、と靴を履《は》き替《か》えていると、

「あ、さあこ」

背後から呼ばれて振り返った。そこには、カメラを手にしているまゆゆ。

「よかったあ、会えて。ね、一緒に撮ってくれない？」

「――あ、うん！　わ、わたしのもいい？」

声をかけてくれたことが嬉しくて、すぐにわたしもカメラを取り出した。

そばにいた友だちが「あたしが撮ってあげるよ」とカメラマンを買って出てくれる。それに甘《あま》えてふたり並んだ。ピースサインを作って、レンズを見つめる。

まゆゆと写真を撮れることが嬉しい。

それ以上に、まゆゆから声をかけてもらえたことが嬉しい。

わたしの頬はきっと紅潮《こうちょう》しているだろう。笑顔も、笑っているというよりもニヤニヤしているはずだ。

わたしたちは、友だちと呼べるような関係じゃない。

何度か話をしたことがあるし、回数の割には気負《きお》わず自然に会話ができた。おまけに共通の、秘密の好みもある。ふたりだけの、小さな傷跡《きずあと》も知っている。

けれど、それだけ。こうして最後に一緒に写真が撮れてよかった。

「ありがと」

「わたしも、まゆゆと写真撮れてよかった」

まゆゆの背後に、彼女を待つ友だちが見えた。

「じゃあ、またね、まゆゆ」

「うん、またね」

〝また〟はいったい、いつになるのだろう。わたしは今度、いつ、まゆゆと会えるだろう。

デジカメのモニターに写っている、わたしとまゆゆ。

これが、最初で最後の、写真になる。

連絡先も知らない、友だち未満のわたしがまゆゆと会おうと思うと、偶然を待つしかない。もしくは数年後の同窓会。それだって同じクラスになったことが一度もないのだから、可能性は低い。

小学校の卒業式ではこんなこと、思わなかった。だって、同じ中学に進学した。中学校に行けばいつでも会えるものだった。

でも——もう、違う。本当にばらばらになってしまう。

ひらひらとわたしに手を振って、まゆゆは友だちのもとに駆け寄っていき、談笑しはじめる。あの子たちとは、卒業後も一緒に遊ぶんだろう。休みの日にメールをしたり電話をしたり、遊びにいったり。

「いいなあ……」

小学校と中学校、九回もまゆゆと同じクラスになるチャンスがあったのに、一度もクラスメイトにはなれなかった。

一度くらい同じであれば、わたしはまゆゆと友だちになれたはずなのに。なんで、わたしは友だちになれなかったんだろう。

でも。

……友だちって、なんだっけ？

なんで、わたしはまゆの友だちじゃないと、思っているんだろう。

同じクラスになったことがないから？

携帯の番号を知らないから？

一緒に遊んだことがないから？

――それだけ？

そんな理由で、なんでわたしは線引きをしてしまっているのだろう。

そんなことで、この先、会えなくなっても、いいの？

「さあこ、どうしたの？」

立ち止まって動かないわたしに、友だちと前を歩いていた涼ちゃんが振り返って声をかける。

わたしは、涼ちゃんと同じクラスだったから友だちになった。でも、それはキッカケだ。

同じクラスになっても気が合わない子だっている。

じゃあ、どうして涼ちゃんと友だちになったんだろう？

わたしが、友だちになりたいと思ったからだ。他の友だちも、みんなそうだ。

だから、この先、会う時間が減ったって、わたしと涼ちゃんは友だちだ。だったら、少ない時間でも、友だちになれるんじゃないの？

「――まゆゆ！」


もう外に出ようとしている背中に向かって、大きな声で名前を呼ぶ。

まゆゆはすぐに振り返り、目をパチクリさせてから「なに、どうしたの」と戻ってきた。

ポケットに入れてあった携帯をぎゅっと握《にぎ》りしめる。

「で、電話番号、交換《こうかん》しない？」

友だちになりたい。

毎日会えなくていい。一緒にいる時間が短くても、同じクラスになったことがなくても、別々の高校に行っても。

ただ、わたしはまゆゆと友だちになりたい。

学校という共通の場所がなくなってからも、会おうと思えば会える関係でいたい。

まゆゆは数秒、なにも言わなかった。けれど。

「私も、ずっと聞きたかったんだ」

そう言って、頬を赤らめて笑ってくれた。

彼女が取り出した携帯には、わたしとおそろいのストラップが揺れていた。

「じゃあ、またね、まゆゆ」

「うん、またね」

番号交換を終え、さっきと同じセリフを口にして、まゆゆに手を振って別れる。

〝またね〟

本当に、また、がある。次への一歩。

「さあこって、丸池さんと友だちだったの?」

再び歩き出したわたしに、友だちが意外そうに聞く。

わたしは揺れる携帯のストラップを見てから、ふふっと笑った。


「これから、そうなる」

多分、この瞬間から。

ジンクス

菜《な》つは

空に輪郭《りんかく》のはっきりした満月が浮《う》かぶ夜、少女は高層《こうそう》マンションにある自分の部屋の窓を開けた。

眼下《がんか》に広がる町並《まちな》みは青白い月の光に照らされて薄明《うすあか》るい。

あたりはしんと静まりかえっていた。行き交う車もなく、耳を澄《す》ませば近所の空き地に住み着いている野良猫《のらねこ》の鳴き声が聞こえてきそうだ。

まるで作り物みたい。だけど、〝儀式《ぎしき》〟にはぴったりの夜だと、彼女は思った。

彼女の手には、あらかじめ月の光をたっぷり吸収《きゅうしゅう》させておいた銀色のスプーンと、五十センチ長の細く黄色いリボンが握《にぎ》られていた。

少女はリボンの端《はし》とスプーンを重ねて持ち、リボンをゆっくりとスプーンに巻《ま》きつけていく。巻き終わるまで、余計なことを考えてはいけない。思い浮かべていいのは〝願い事〟のことだけ。

少女は、丁寧《ていねい》にリボンを巻きつけながら、何度も願いを唱《とな》え続《つづ》けた。

巻き終えると、腕《うで》を伸ばして、スプーンをギリギリまで月に近づける。そして、最後にもう一度、念押しするようにその〝願い事〟を唱えた。

「明日、バレー部が交流試合で勝てますように！　今度こそ、絶対に！　どうかよろしくお願いします!!」

＊

「やっぱり、今回のおまじないも効果がなかったんだね？」

週明けの月曜日の放課後、図書室の机に突《つ》っ伏《ぷ》した園田千尋《そのだちひろ》は、親友の遠山薫子《とおやまかおるこ》のセリフに、そのままの姿勢《しせい》でこくんと小さくうなずいた。

彼女は、昨日試合があったバレー部——ではなく、それを取材する新聞部に所属する、ごく平凡《へいぼん》な高校二年生だ。

彼女にはひとつ深刻《しんこく》な悩《なや》みがあった。それは、『応援《おうえん》したチームが必《かなら》ず負けてしまう』

という、嬉《うれ》しくないジンクスを持っていること――。

わざわざ百貨店で銀製のスプーンとリボンを買うほどの意気込みでおまじないに挑《いど》んだというのに、男子バレー部は週末の交流試合で負けてしまった。選手たちがショックを受けたのはもちろんだが、取材に行った千尋たち新聞部のメンバーにも動揺《どうよう》が走った。

試合が終わった瞬間《しゅんかん》、仲間たちがいっせいに千尋の顔を見た。そのときのみんなの神妙《しんみょう》な顔つきが今でも忘れられない。

「千尋のせいじゃないよ、気にしないで」

千尋の右隣《みぎどなり》に座ってフォローの言葉をかけてくれたのは、薫子だ。同じ新聞部の二年生で、主《おも》に写真撮影《さつえい》を担当しているカメラっ娘《こ》だ。

「先輩が取材した試合、これで五連敗でしたっけ？」

その反対側、千尋の左に座っているのは、後輩《こうはい》の岸本《きしもと》あかりだ。

「男子バレー部の前はサッカー部で、その前はえーと、たしか……。いろいろありすぎてわからなくなっちゃいました」

と、遠慮《えんりょ》なく傷口《きずぐち》を広げてくれる。

文章を書くのも写真を撮《と》るのも苦手なあかりは、主に、広報だったりスケジュールを管理するマネージャー的存在《そんざい》だ。千尋と薫子にはとくに懐《なつ》いていて、こうして行動を共《とも》にすることが多い。

「その前は野球部。それと五連敗じゃなくて、引き分けをはさんで七連敗だから」

千尋が、力の抜《ぬ》けきった一本調子で言った。

「ヤバいよねぇ」

薫子がほうっとため息をつきながら、机の上に投げ出されたおまじないの本を手に取る。折り目がついたページを開くと、おといの夜に千尋が試した〝満月パワーでどんな願い事も叶《かな》うおまじない〟が載《の》っていた。

千尋はひとつため息をついた。

「あーあ。奮発《ふんぱつ》して、いいスプーンを買ったんだけどなぁ」

千尋は頭を上げると、制服のポケットからスプーンとリボンを取り出して、机の上に放り投げた。お役御免《やくごめん》とくしゃくしゃに丸められたリボンが、やけに悲しげに見える。

「でも、おまじないって本来は、自分のためにやることですよね？」

興味《きょうみ》なさそうに話を聞いていたあかりが、それを手に取り、自分の人差し指に巻きつけて遊び始めた。

「なんの関係もないバレー部のことを願っても、意味ないと思いますよ。たしかに、七連敗は笑えませんし、おまじないにすがりたくなる気持ちもわかりますけど」

「……あかり、そういう冷静な指摘《してき》はやめて」

千尋が、元からしょんぼりした顔をさらに情けなくさせて、耳を押《お》さえた。

「だから、もうおまじないなんてやめましょうよー」

「私も、今の千尋に必要なのは、おまじないの本じゃなくて、これだと思うよ？」

薫子が、一冊のノートを千尋に手渡《てわた》す。

それは、千尋が取材のときに肌身離《はだみはな》さず持ち歩いている大学ノート。表紙にはでかでかと〝MY《マイ》取材ノート〟というタイトルと、千尋の名前が書かれている。

「そうですよ！　男子バレー部の一か月密着取材は始まったばかりなんですから。早く部室に行きましょう！」

新聞部にマネージャーなんていないのに、半《なか》ば当たり前のように〝敏腕《びんわん》マネージャー〟と呼ばれているあかりに促《うなが》され、三人は部室へ向かった。

最初に千尋の〝ジンクス〟に気づいたのは、ふたつ年下の弟だった。

それは千尋が中学生のとき。小学生だった弟が地元の少年野球チームに加入し、週末に対外試合があるときはいつも家族そろって応援に出かけていた。

そんなある日、千尋は寝坊《ねぼう》して、応援に遅刻《ちこく》してしまった。

大急ぎで駆《か》けつけたときには試合は五回途中《とちゅう》、弟のチームが七点差をつけてリード。身内から、「このままコールド勝ちになるんじゃない？」なんて冗談《じょうだん》が飛び出すほど、余裕《よゆう》な試合運びだった。

けれど。六回から交代した二番手以降《いこう》のピッチャーが乱調で、あっという間に七点差を追いつかれた。そうなると焦《あせ》ってミスを重ねる悪循環《あくじゅんかん》。結局、弟のチームは逆転負けを喫《きっ》してしまったのだ。

その帰り道で、弟が涙《なみだ》をポロポロこぼしながら千尋に言った。

「ねーちゃんが来たら、絶対負ける。この前の試合だって負けたし、みんなで見に行ったプロ野球の試合もサヨナラ負けしちゃったじゃないか。全部、ねーちゃんのせいだ！」

弟に泣きながら責《せ》められて、千尋はショックを受けた。

次の試合は弟にも家族にもバレないよう、隠《かく》れて一人こっそり応援したけれど、弟のチームはやっぱり負けてしまった。

そんなことを何回も繰《く》り返《かえ》すうちに、千尋はすっかり〝自分が応援したチームは負ける〟というジンクスを信じるようになり、そのまま高校生になった。

千尋にとって、新聞部は憧《あこが》れだった。運動は苦手だけれど観戦好きな千尋にとって、応援しながらスポーツの楽しさを伝えることができるからだ。

入部を決めたとき、ジンクスのことを思い出して一抹《いちまつ》の不安を感じたけれど、「きっと考えすぎだ」と自分に言い聞かせた。

最初は、先輩《せんぱい》の手伝いや雑用が主な仕事だったから問題なかった。「ヤバいかも」と思い始めたのは一年生の冬。〝今月の運動部〟というコーナーを担当することになってからだ。

〝今月の運動部〟は、数ある新聞のコーナーの中でも注目度が高い目玉記事。

「千尋は丁寧な記事を書くから、向いていると思うよ。期待してるから頑張《がんば》ってね！」

そう言ってくれたのは前任の部長だった。

そして、カメラ係の薫子とコンビを組んで取材に取り組むようになると、運動部員たちの一生懸命《いっしょうけんめい》さに改めて驚《おどろ》かされた。

「みんなすごいね。毎日こんなキツい練習に耐《た》えてるんだ」

まだ取材を始めたばかりの頃、薫子がカメラを構えながら感心したことがあった。

「本当だよね。こんな真剣《しんけん》な姿《すがた》を見せられたら、私のジンクスのせいで勝負が決まるなんて失礼なこと、恥《は》ずかしくて言えないよ」

仲良しの薫子には、自分のジンクスについて前に話していた。当時の薫子はあまり信じておらず、笑い飛ばしていたけれど。

「そうだよ！　私たちはいい記事を書くことだけ考えよう」

運動部の頑張りを目の当《まあ》たりにして、二人のテンションは上がる一方。

そのときに、千尋は自分専用の〝MY取材ノート〟を作ったのだ。表紙にタイトルを書き込んだだけでワクワクが止まらなかった。

何度もいろいろな部活の練習に足を運び、邪魔《じゃま》しない程度《ていど》に部員や先生から話を聞きだす。

目を引いた選手がいれば学年を問わずクローズアップしたし、試合で目立つ活躍《かつやく》をした選手だけでなく、得点につながるアシストをした選手をフィーチャーすることもあった。ときには、一見、地味に思える選手も取り上げたことで、新聞を見た生徒の評判《ひょうばん》も上々。

けれど残念なことに、その間も千尋のジンクスは継続《けいぞく》していた。

――千尋が取材に来た試合は、必ず負ける。

その噂《うわさ》はじわじわと、運動部の間で広まりつつあった。


三人が部室のドアを開けると、男子バレー部のキャプテンと副キャプテンのコンビがいた。彼らと新聞部部長がこわばった面持《おもも》ちで対峙《たいじ》しているのを、部員たちが遠巻きに見ている。

瞬間、部室内の視線《しせん》が一気に千尋たちに集中し、新聞部の部員がハッと息をのむ。気まずい雰囲気《ふんいき》に満ちていた部室に緊張《きんちょう》が広がって、千尋はすぐに「自分のせいだ」と察した。

キャプテンは、バレーの実力はもちろん、勉強も学年トップクラス。さらに長身で容姿《ようし》端麗《たんれい》なので、学校中にファンがいる。実は千尋も、そんな彼のファンの一人だ。

だから、あかりから男子バレー部の一か月密着取材が決まったと聞いたとき大喜びした。

千尋の顔を見るなり鼻息荒《はないきあら》く話を切り出したのは、キャプテンではなく、隣《となり》にいた副キャプテンだった。

「今、新聞部の部長に説明をしたんだけど、今後の取材は全部キャンセルしてほしい。理由は……君が一番わかってると思う。しばらく、練習にも顔を出さないでくれないか」

生真面目《きまじめ》そうで、どこか近寄りがたい印象の副キャプテンが、大きなため息をはさみながら吐《は》き捨《す》てる。

「えっ……」

絶句する千尋。横で薫子とあかりも固まっている。

争いごとが嫌《きら》いで、一度も怒《おこ》った顔を見せたことがない部長は、千尋と目が合うと困《こま》ったように眉尻《まゆじり》を下げて肩《かた》をすくめた。

「部員が荒れてるんだよ。君が試合を見にくると負けるっていうジンクスがあるんだって？　今、七連敗中だとか。どうして、それでも取材しようとするんだ？　もしかして、嫌《いや》がらせ？」

副キャプテンの言葉は口調も内容も冷たくて、千尋は何も言い返せない。さすがに、隣で聞いていた薫子とあかりが「嫌がらせなわけないじゃん！」と反論《はんろん》しかけたけれど、千尋は慌《あわ》ててそれを制した。

彼らが悪いわけじゃない。それだけ必死なんだ……。

千尋は「すみません」と小声で答えることしかできない。

「俺は、ジンクスのことはどうでもいいんだけど」

それまで副キャプテンの後ろで黙《だま》って話を聞いていたキャプテンがようやく口を開くと、その場にいた全員が注目した。

副キャプテンがすかさず「よくないだろ！」と怒ったけれど、その言葉を無視《むし》して話を続ける。

「試合に負けたのは、自分たちの実力が足りなかっただけ。敗因《はいいん》を他人に押しつけるのはおかしいと思うよ。しかも理由がジンクスだなんて、そんなこと、あるわけない」

キャプテンからは攻撃的《こうげきてき》な雰囲気は一切感じられない。

「……でも、新聞部が取材に来ることで部員が集中できなくなるのは問題だと思っている。これも俺《おれ》たちが未熟《みじゅく》なせいで君たちに責任はない。ただ、昨日は交流戦だったけど、本番の県大会が近いし、今は練習に集中したいんだ。勝手だけど、どうか理解してほしい」

千尋たちを傷《きず》つけないように言葉を選びながら、学校屈指《くっし》の人気者に頭を下げられてしまっては「わかりました」と言うしかない。新聞部のメンバーの間には「仕方ない」という空気が流れた。

でも、副キャプテンだけは別だ。どうしても怒りが収まらないらしい。

「こいつは優しいからこんなことを言ってるけど、本来なら、そっちから気を遣《つか》ってキャンセルを申し出るべきだろ？」

せっかく落ち着きかけた空気が、再び険悪《けんあく》モードに逆戻り。

「ちょっと、言い過ぎじゃないですか？」

黙っていられなくなった薫子が、副キャプテンに食ってかかった。

「千尋はいい記事を書くことで応援したいと思って、人一倍頑張ってるんだから」

「べつに、俺たちはいい記事を書いてもらうために試合をやってるわけじゃないから」

「……っ！」

鼻で笑うように吐き捨てられ、さすがの薫子も返す言葉が見つからず、悔《くや》しそうに唇《くちびる》を噛《か》みしめている。

それまで、上級生の迫力《はくりょく》に圧倒《あっとう》されていたあかりが、勇気を出して反論しようとするが、部長に腕をつかまれた。

「あかり、やめとこ……」

首を横に振《ふ》ってあかりを制する部長は、これ以上、事を大きくしたくなさそうだ。

あかりの表情が、怒《いか》りから悲しみに変わった。

「いいか、今後どうしても取材をしたいというなら、その子のジンクスをどうにかするか、取材から外してくれ！　話はそれだけだ！」

それだけ言い放つと、副キャプテンは一人部室を出て行く。あとを追うキャプテンが、扉が閉まる間際《まぎわ》に振り返って「ごめんね」と気を遣ってくれたのが余計に堪《こた》えた。

嵐《あらし》が去ったあとのように、しんと静まり返った部室。

「……怒られちゃったね」

沈黙《ちんもく》を破《やぶ》ったのは困りきった顔をした、新聞部の部長だ。もともと穏《おだ》やかな先輩だけれど、部長という立場上、今はとくに冷静《れいせい》に振《ふ》る舞《ま》おうとしているように見える。

「仕方ない、男子バレー部の一か月密着取材の企画は、いったん保留《ほりゅう》にしよう」

「賛成《さんせい》！　バレー部以外にもクラブはいっぱいあるんだから、よそをあたりましょう！まだ来月の新聞発行日まで時間があるし」

「ソフトボール部はー？　次の週末、練習試合だよ」

「そうだね。私の担任、顧問《こもん》だから聞いてみるよ」

ずっと様子を見守っていた部員たちが、千尋のまわりに集まってきて口々に言う。

「ごめんなさい」

千尋はそんな雰囲気に、いたたまれなくなって謝《あやま》った。そんな千尋をかばうように、そっと背中を撫《な》でてくれる薫子とあかりの手が、とても優《やさ》しい。

「なにも悪いことしてないのに、謝っちゃ駄目《だめ》だよ！」

「そうだよ。千尋の記事、ファンが多いじゃん！　面白《おもしろ》いって褒《ほ》めてくれる友達がいるんだから。自信持って」

そんなあたたかい言葉に、泣きそうになる。

「……でも、どうして千尋先輩がいると、いつも負けちゃうんですかねぇ」

あかりが悪気なくそうつぶやくと、その場の空気が一瞬凍《いっしゅんこお》った。けれどそれも、

「あかり、空気読めー！」

と、すぐに薫子が笑いに変えてくれる。みんなが笑い飛ばしてくれたから、千尋はもう少し頑張ろうと思うことができた。

そう。まだまだ、これからだ――。

「……とはいっても、気が滅入《めい》るなぁ」

結局みんなで相談し、バレー部については先週末の試合を含《ふく》め、これまでの取材内容も一切、新聞に掲載《けいさい》しないことに決まってしまった。

「せっかくの密着取材だったのにな」

取材メモも全部ボツ。することがなくなった千尋はそうつぶやくと、「今日は私、先に帰るね」とみんなに告げ、部室をあとにした。

次の取材先は、きっとソフト部になる。本屋に寄って、下調べして帰ろう。

千尋は書店に着くと、まっすぐにスポーツ関連の書籍が並ぶコーナーへ向かい、棚《たな》から数冊ソフトボールの解説書を取り出して、パラパラとページをめくる。

ソフトボールはやったことがないから、しっかりルールを勉強しておかないと。

千尋の目が本気モードに変わる。

「やるからには、いい加減《かげん》なことはしたくないよね。決まったら買いにこよう」

そうつぶやきながらも、しばしの間、千尋は〝予習〟に没頭《ぼっとう》した。

そのあと、これもいつものルートである趣味《しゅみ》のコーナーへ。探すのは、占《うらな》いやおまじないの本。でも、本棚に並んでいる本はほとんどチェック済《ず》みだったし、いくつか試したおまじないはどれも効果がなかった。

千尋はため息をついて、その日はなにも買わずに本屋を出た。


「今度の試合に勝てば、連勝記録が二十になるんです」

「すごいね！」

練習風景がよく見えるグラウンドの隅《すみ》っこでボールを磨《みが》くソフト部の一年生マネージャーを見つけると、千尋は隣にちょこんと座って、すぐに情報収集《じょうほうしゅうしゅう》を始める。

どの部でも、マネージャーはチームのことを一番よく知っている。千尋は、取材のときは必ずマネージャーに話を聞かせてもらうことにしていた。

結局、来月の新聞は大々的にソフト部の試合を扱《あつか》うことが決まった。千尋たち新聞部は明日の地区大会予選の初戦に同行させてもらい、取材する。

ソフト部の中にも、千尋のジンクスの噂を知っていて不満を言った人がいたらしい。でも、練習前に顧問の先生が、

「変な噂なんか信じるな。不安ならいつも以上に練習しろ」

と活を入れてくれ、部員たちも納得《なっとく》し、取材を受け入れてくれた。

そういうわけで今日は挨拶も兼《か》ねて、新聞部みんなで練習を見にきたのだ。

千尋は早速、取材に取りかかる。今回は急に取材が決まったから、準備期間が全然足りない。ここで挽回《ばんかい》しなければ！　とペンを持つ手にも力が入った。

「うちのソフト部は毎年全国大会に出場する強豪《きょうごう》チームですし、明日の対戦相手はここ数年一度も負けていない、格下のチームなんです」

千尋はマネージャーが教えてくれた相手高校の名前を〝ＭＹ取材ノート〟に書き込む。過去の対戦戦績を聞けば、練習試合、公式試合を含めて、三年以上勝ち続けているらしい。

「じゃあ、次の試合も大丈夫そうなの？」

「うーん。勝負に絶対はないという先生の口癖《くちぐせ》どおり、油断《ゆだん》は禁物《きんもつ》だと思ってます。先輩たちの代から引《ひ》き継《つ》いでいる連勝記録だから、負けるわけにはいかないんです！　だから応援頑張らないと！」

彼女はにっこり笑った。

地区予選はリーグ方式。一度負けたら終わりというわけではないけれど、明日の初戦が今後の戦いを左右する大切な試合になることは間違いない。

明日、私が行ってもいいの？　もしも、これで負けたら……。

一瞬不安がよぎったけれど、すぐに「こんな気持ちじゃいけない！」とブルブル首を横に振った。

ソフト部は勝てる。絶対に負けない。大丈夫。

〝MY取材ノート〟にマネージャーから聞いた話を丁寧に書き込みながら、まるでおまじないをするように、何度も何度も心の中でそうつぶやいた。

けれど、土曜日に行われたソフト部の試合は、いきなり先頭バッターにホームランを打たれ、不穏《ふおん》な空気で始まった。

そのあとも、普段なら絶対にしないようなエラーが続き、すっかり平常心《へいじょうしん》を失ってしまった選手たちのバットから快音《かいおん》が聞かれることはなかった。

流れを変えようと積極的《せっきょくてき》に行われた選手交代も、ことごとく裏目《うらめ》に出てしまう。

「お願い、負けないで！　頑張って！」

千尋は、途中から取材を忘《わす》れ、両手を顔の前で組んで必死に祈り続けた。

でも、結局一点もとれないまま、試合は終わってしまった。まだ初戦だから、十分予選突破の可能性は残されている。

が、選手たちはショックの色を隠せなかった。最後の打席で空振《からぶ》り三振を喫《きっ》した選手がバッターボックスに立《た》ち尽《つ》くしたまま動けないでいるのを、仲間がそっと肩を抱《だ》いて整列するよう促す。

千尋もまた、ショックで動けずにいた。

頭の中は、真っ白。

……やっぱり、私がいたら駄目だ。

薫子たちに「まだもう一試合残ってるよ!」と止められたけれど、これ以上取材なんて無理だ。千尋は逃げるように会場をあとにした。

帰るときに遠目に見たマネージャーの悲しそうな姿に胸が締《し》めつけられて、しばらく脳《のう》裏《り》から消えなかった。


千尋の気持ちは落ち込んだまま、週明けになっても上向きにならなかった。

今日の部活もサボッてしまいたかったけれど、記事も書かなければいけないし、途中で帰ってしまったことも部長に謝らないといけない。でも、試合の記録は途中までしか取れていないし、こんなテンションではきちんとした記事を書ける気がしなかった。

いつだって負けた試合の記事を書くのはつらい。それなのに、自分のジンクスが原因だと思ってしまったら、もう駄目だった。

「なにを書いていいか、わかんないよ……」

〝MY取材ノート〟を片手に、おそるおそる部室に顔を出すと、予想に反して、室内にはいつもと変わらない空気が漂《ただよ》っていた。

「揃《そろ》ったところでミーティングしようか」

部長が、これもいつもどおり、千尋に着席を促す。重苦しい雰囲気を予想していた千尋は、戸惑《とまど》いながら、空《あ》いている椅子《いす》にそっと座り、ノートを開いた。

「さっき、ソフト部に挨拶《あいさつ》に行ってきたよ」

部長がそう切り出すと、千尋はうつむいたまま、くっと唇を噛みしめる。

「次の試合もまた来てくださいって言われたよ。リーグ戦はこれからも続くからね。次に向けて、早速、練習してた」

隣の席の薫子がこそっと、「千尋が帰ったあとの二試合目、勝ったんだよ」と教えてくれる。

——ほら。やっぱりジンクスどおりじゃん。私がいるときだけ負けるんだ。

千尋はため息をついて、しょんぼりとうなだれた。

「でも、土曜日の一試合目は惨敗《ざんぱい》だったね」

部長がそう言ったとき、部員みんなの視線がなんとなく千尋に集まった。

「でもべつに、千尋のせいってわけじゃないからね」

視線に気づいた部長が慌てたように優しくフォローすると、あかりが大きくうなずく。

「そうですよ！　たしかに一試合目の負けは、連勝記録も止まって、かなり堪えたみたいですけど……。そこから気合いを入れ直して、次は勝ちましたから！」

他の部員たちも、あかりに同調して首を縦《たて》に振る。

「大丈夫だよ、私たちは千尋の味方だから」

「元気出して！」

みんなが次々と慰《なぐさ》めの言葉をかけてくれるけれど、千尋は素直に受け取れない。

——やっぱりみんな、一戦目の負けは私のせいだって思ってるんだ。

そう思うと、余計《よけい》落ち込んでしまった。

「……だから、千尋、気にしなくていいからね」

部長が、励《はげ》ましてくれる。

「…………」

「千尋？　聞いてる？」

部長の問いかけに、千尋はどうしてもうなずくことができないでいた。

「これからどの部も、夏の全国大会に向けて気合いが入る時期だから、運動部のみんながナーバスになることもあるかもしれない。でも、私たちは今までどおり、真面目に取材して、いい新聞を発行するだけだから」

そう言ってミーティングを再開させた部長は、いつもより必死な顔をしているように見えた。

本当は、次に取材をさせてくれる部が見つからなくて、困っているのかも。全部私のせいだ。私のジンクスのせいで、みんなが嫌な思いをしているなんて……。

「もう……無理です」

限界だった。千尋はほぼ無意識に、弱音を吐いていた。

はっきり文句を言ってもらった方が楽だった。こんな風に腫《は》れもの扱いされたりしたら、千尋は謝ることもできない。これでは、「ごめんなさい」という言葉がいつまでも胸《むね》につかえたままで、息苦しさが増すばかりだ。

「もう、この話は終わりにしない？　千尋は、ジンクスのことを考えすぎだよ。もっと楽に構えなくちゃ！」

薫子が、落ち込んでいる千尋を気遣って、明るくそう言う。けれど、今の千尋には、その優しさを素直に受け入れる余裕がない。

「考えすぎる私がおかしいってこと？」

「そんなつもりで言ったんじゃないよ！」

「私……そんな無神経じゃない！　もう試合なんて見に行けない。行けるわけないじゃん！」

我慢《がまん》できなくて、気づいたら大きな声で叫《さけ》んでいた。

「これで八連敗だよ？　偶然《ぐうぜん》だって笑えるレベルをとっくに超《こ》えてるよね？　みんなだってそう思っているんでしょ！」

「千尋！」

「私は、やっぱり疫病神《やくびょうがみ》なんだよ！」

ひどい八つ当たりだ。

けれど次々とこぼれ落ちる涙のように、自分の気持ちが抑《おさ》えられない。

「そんなこと、誰《だれ》も思ってないよ」

部長が、優しく言ってくれる。

「でも……」

「だったら担当変わる？　千尋がそんなにしんどいんだったら、他のコーナーを受け持てばいいよ。でも、今の千尋のコーナーを楽しみにしてくれてる人が多いのは事実だからね。私はこのまま千尋とコンビを組み続けたいよ。まあ、千尋にやる気がないんじゃ、無理だけどね！」

次に口を開いた薫子は怒っていた。口調がどんどん荒くなっていく。表情にも隠しきれない苛立《いらだ》ちがにじみ出る。あかりはなにも言わずに、泣きそうな顔をしていた。

「私も千尋の記事が好き。やめないでほしい」

「ジンクスっていったって科学的な根拠《こんきょ》はないんだし。たまたまこんな結果が続いてるってだけでしょ？」

仲間たちが次々に励ましてくれるけれど。

もう、いい。もう、嫌だ……。

机の上に開きっぱなしだった〝MY取材ノート〟。勝利を祈る言葉を書くべきなのに『負けるな！』と書いてしまったページに、ポタポタと涙が落ちていく。

「もういいです。私……新聞部やめます！」

そう言って千尋は〝ＭＹ取材ノート〟を乱暴《らんぼう》にゴミ箱に投げ捨てると、走って部室を飛び出した。


それから、あっという間に三日が過ぎた。

あれから部室には顔を出していない。薫子とはクラスも同じなので、毎日話をしていたけれど、向こうから部活の話題を出すことはなかった。

きっと、気を遣ってくれているのだろう。薫子の作り笑いを見るたびに、千尋は逃げ出したい気持ちに駆られた。

「千尋、新聞部をやめさせられたらしいよ」

その日、お昼を食べていたら、そんなヒソヒソ声が聞こえてきた。

「まあ、それもあながち間違いじゃないのかもね」

千尋は薫子にそうぽつりと言った。薫子は、「そんなことないって！　元気出して」と励ましてくれたけれど、その気持ちが千尋の心に届《とど》くことはなかった。

月曜日に部活をやめると宣言をして、もう木曜日。でも、薫子以外の新聞部のメンバーからは声もかけられていない。いつも薫子や千尋にまとわりついていたあかりでさえ、二年生の教室に来ることはなかった。

放課後、部活に急ぐ生徒たちの背中を眺《なが》めながら、なにもすることのない千尋はゆっくりと昇降口《しょうこうぐち》へ向かっていた。

一瞬、本屋に寄って帰ろうかと考えたけれど、スポーツコーナーにも、おまじないコーナーにも、もう用事はないことに気がつく。

靴《くつ》を履《は》き替《か》え、とぼとぼと正門へ向かっていると、背後から勢いよく腕をつかまれた。

「千尋、一緒に行こう！」

そう言って薫子に引っ張られ、強引に連れて行かれた先は体育館だった。新聞部の部員も集まっている。

中から聞こえてくるのは、部員のかけ声、ボールが床《ゆか》にバウンドする音、トスやスパイクのボールを弾《はじ》く音。——男子バレー部だ。

「これから練習試合。県大会に向けて、最後の追い込みするんだって！　こんなの取材しないわけにいかないでしょ」

この前、副キャプテンに言われたことを思い出し、千尋の全身が固まった。そのまま一歩も動けないでいると、「靴、替えて。千尋は今日は応援だけでいいから」と薫子に背中を押される。

「みなさーん、試合が始まりますよ。早く行きましょう！」

それでも足が動かなかった千尋にしびれを切らしたあかりがそう言って、にっと笑う。そのままあかりに手を引かれ、薫子には背中を押されながら、千尋も体育館へ入る。すぐにピーッと試合開始の笛が鳴った。

本当は今すぐ逃げ出したかった。でも――。

格好悪《かっこうわる》い八つ当たりをして部活をやめるとまで言った自分のことを、仲間は見捨てずにいてくれた。その気持ちがとても嬉しかった。

足早に取材班がコートの近くまで進む。自分で取材したくなったらいつでもおいで！」

「千尋、ちゃんと見とくんだよ。自分で取材したくなったらいつでもおいで！」

と言って、カメラを片手にコートへ向かった。

千尋は、部長とあかりや他のメンバーと一緒に、体育館の入り口近くに立ち止まって試合を見守る。

そこでは、練習試合とは思えないくらい緊迫《きんぱく》した、一進一退の攻防《こうぼう》が続いていた。

中でもキャプテンがアタックを決めると、試合に出ていない部員や応援に駆けつけた女子生徒の黄色い歓声《かんせい》が湧《わ》き上《あ》がる。

自分がここにいていいのかどうか、不安が消えない。さっき、あかりに半ば無理やりつけられた左腕の新聞部の腕章《わんしょう》も、いつもより重く感じていた。

やがて、ハーフタイムになった。そのとき、バレー部の副キャプテンが千尋たちに気づいて、走ってきた。

「お前、どうしてここにいるんだ？」

「千尋は取材班から外しています。ここから見ているだけだから」

カメラを持ったまま戻ってきた薫子がすぐに言い返す。

「もし負けたとしても、千尋のせいにしないでください！」

「そうですよ！　試合に集中してください！」

睨《にら》む彼のもとに新聞部の部員たちが集まり、口々に千尋をかばう。が、副キャプテンはひるまなかった。

「同じことだろ！　ソフト部の連勝記録もストップさせたくせに。明後日《あさって》から県大会なんだよ！」

そのとき、新聞部の部長が毅然《きぜん》とした態度で口を開いた。

「ジンクスなんて根拠のないことを理由に取材拒否《きょひ》なんて、納得いかないんだけど」

「そうですよ！　大切な試合を控《ひか》えた大事な時期だからこそ、私たちは真面目に取材をしたいんです」

この前、部室にバレー部キャプテンと副キャプテンが来たときとは違い、新聞部のメンバーと、副キャプテンが、お互《たが》い一歩も引かず睨み合う。

「やめて……もういいから。すみませんでした。試合に戻ってください」

千尋は、震《ふる》える声を振《ふ》り絞《しぼ》って副キャプテンに言った。

「私、帰るね。新聞部をやめる気持ちは変わらないから」

「千尋！」

千尋は、新聞部の腕章を外すと、みんなに頭を下げて、体育館から駆け出した。

その夜、お風呂上がりに見たクラスのグループＬＩＮＥ《ライン》で、千尋は男子バレー部が練習試合に負けたことを知った。

「やだな。ほんの数分見ただけなのに、しっかりジンクスが発動されるんだ」

ＬＩＮＥの会話に参加する気にもなれず、悲しくて泣きそうになる。

「もっと早く、新聞部をやめるべきだったんだよね」

そう声に出したとたん、薫子やあかりの笑顔や、楽しかった取材の思い出が次々と脳裏に浮かんできて、千尋は自分でもどうしていいかわからなくなっていた。

翌日《よくじつ》、千尋は朝、お腹《なか》が痛《いた》くなって学校を休んでしまった。

そのまま週末を迎《むか》え、腹痛《ふくつう》は治ったものの、食欲《しょくよく》もなく「なにかあったの？」と心配する両親にも「なんでもない」と答えただけで、ほぼ自室にこもって過ごした。


月曜日。カバンの中に退部届を入れ、重い足取りで千尋は学校に向かった。

部室に顔を出す勇気はないから薫子にそっと預けよう。

みんなと顔を合わせづらいな……。

正門をくぐり、ふと顔を上げると、昇降口の掲示板《けいじばん》に珍《めずら》しく人だかりができていた。

そこはいつも新聞部が発行する壁新聞が貼《は》ってあるスペースだ。でも、まだ新聞の発行日ではない。

いったい、なにごとだろう？

そろそろと掲示板に近づいた千尋は、思わず「え！」と大声を上げてしまった。

大きく『号外』と打ち出された新聞の見出しには……。

〈男子バレーボール部、県大会初戦突破《とっぱ》！　強豪相手に大金星〉

そしてもうひとつ、

〈勝利の女神は、わが新聞部の園田千尋!?〉

と、書かれてあった。

「なにこれ……どういうこと？」

千尋は狐《きつね》につままれたような気持ちで、記事の内容を追いかける。

そこにはまず、土曜日にあった県大会の一回戦で、第一セットを落としたものの、そのあと、見事逆転勝ちを収めたと書かれていた。

ひときわ目を引くのは、キャプテンの勇姿《ゆうし》。アタックを決める瞬間を躍動感《やくどうかん》たっぷりに切り取った写真は、さすがは薫子だ。

けれど、千尋が一番目をみはったのは、その下の解説だった。

当日の試合だけではない。まず、過去の試合に遡《さかのぼ》って、サーブやアタックの決定率やレシーブの成功率などの基本データがまとめられている。

そこから選手ごとに、様々な攻撃パターンが成功率と共に考察《こうさつ》され、『選手の得意技を生かすことができれば県大会優勝が十分狙《ねら》える』という結論を導《みちび》きだしていた。

「これ……！」

それらはすべて、千尋が取材で手に入れたデータだ。

そして、記事の最後には、しっかりと〈取材・考察：園田千尋〉と書かれていた。

「おはよう、千尋！」

千尋の背後から、薫子の弾《はず》んだ声が聞こえた。

「ノートありがとう！　おかげでいい記事が書けたよ」

そう言って千尋に手渡されたのは、ゴミ箱に捨ててしまったはずの〝ＭＹ取材ノート〟。

薫子のあとを追って、部長やあかり、他の仲間も姿を見せる。

「今回の壁新聞の注目度、いつもより高くない？　やっぱりいい記事書くと認《みと》められるってことだね」

薫子の言葉に、あかりも大きくうなずいている。

掲示板には、いつものように壁新聞を縮小《しゅくしょう》したコピー版が備え付けられていた。生徒たちは新聞を眺めると、次々にそれを取って校舎へ入っていく。いつもなら数十部用意しても、半分以上残るのに、今はもう数枚しか残っていない。

あかりがそれを誇《ほこ》らしげに見つめたあと、口を開く。

「やっぱり、新聞部には千尋先輩が必要ですよね！」

そのとき、ちょうど、ゾロゾロと男子バレー部員たちが登校してきた。

「なんだよ、この新聞。〝勝利の女神〟だって？　疫病神のまちがいだろ？」

副キャプテンが鼻で笑う。その後ろで「おい、やめろよ」とキャプテンが止めた。

千尋の胸がまた、ズキンと痛んだとき。

「都合のいいことばかり言わないでくださいよ！」

大きな声でそう言い返したのは、あかりだった。

一年生のあかりのあまりの迫力《はくりょく》に、一瞬副キャプテンもひるむ。

「もしも木曜日の練習試合の敗戦が千尋のジンクスのせいだって言うんなら、週末の初戦突破だって千尋のおかげですからね！」

すぐに薫子が応戦した。

……え？　どういうこと？

身をすくめていた千尋が顔を上げると、目の前には薫子の頼《たの》もしい背中があった。

あかりはニコニコ笑いながら、集まったバレー部員たちに縮小版のコピーを「はい、どうぞー」と配っている。

その場にいたバレー部員全員に新聞が行き渡ったのを見届けると、薫子が得意げに続ける。

「記事を最後まで読んでもらったらわかりますよね？　千尋のジンクスは、〝応援した試合が負ける〟だけじゃないんです」

バレー部員たちが怪訝《けげん》な顔をして、新聞記事と薫子、千尋の顔をキョロキョロ見比べた。

「よく覚えておいてください。千尋のジンクスは、〝応援した試合は負けるけど、その次の試合では必ず勝つ〟ってやつなんです。勝ちと負けはセットです、バラ売りは一切してませんから！」

薫子がはっきりそう言い切ると、男子バレー部員たちは再び新聞を読み出した。

新聞の下部にあるのは、千尋の不名誉《ふめいよ》なジンクスについてのコラム。

特集の選手分析《ぶんせき》に目を奪《うば》われていた千尋も、そのコラムに目をこらす。

『……注目したのは〝八連敗〟の次の試合結果だ。それをまとめた一覧表を見れば、負けた次の試合は必ず勝利を収めていることが明らかだった。その確率は、なんと一〇〇パーセント！』

そこまで読んだとき、薫子の厳しい声が聞こえた。

「だから、負けをジンクスのせいにするんだったら、この勝利だって千尋のおかげってこと!! 悪いときだけ他人のせいにして、勝てば自分たちの実力だっていいとこどりするのは、都合がよすぎますよね」

副キャプテンを筆頭に、バレー部員たちがぐっと言葉に詰《つ》まる。

そのとき、一番後ろで黙って聞いていたキャプテンが口を開いた。

「……すごいな」

「え?」

意外な言葉に千尋は顔を後ろに向ける。

「いや……この分析はすごい。これを参考にしたら、本当に県大会で勝てる気がする」

キャプテンが釘付《くぎづ》けになっていたのは、自分の写真でも千尋のジンクス部分でもなく、過去の試合についての詳細《しょうさい》な統計《とうけい》データだった。

記事をひととおり絶賛したあと、キャプテンは薫子に言った。

「ありがとう。この分析、使わせてもらっていいかな?」

「もちろんです!」

薫子は、後ろに小さく隠れていた千尋の手を引っ張って、キャプテンの前に押し出す。

そして、嬉しくてたまらないといった声音《こわね》で、こう続けた。

「それ、実は全部、千尋がまとめたんです」

「君が一人で？　すごいな」

「いえ！　それは、あの……私というより、そちらの一年生マネージャーの受け売りなんです」

キャプテンに熱いまなざしを向けられたせいで、千尋はしどろもどろになってしまった。

「うちの一年？」

「はい。取材中、練習やお仕事の合間によく資料を見せてもらったり、話を聞かせてもらっていたんです。彼女は本当にバレーが大好きで、すごくバレー部のことを考えていて……とても勉強になりました。その考察ができたのも、彼女のおかげです」

「そうなの？」

顎《あご》に手を当てて、キャプテンが「へえ」と考え事をする。

「でも、それをここまで分析してくれたのは、君の実力だよ！　マネージャーはたしかに情報を持っていたかもしれない。でも、実際に選手一人ひとりを君がちゃんと見ていなければ、こんな風にはまとめられないよ。うちの部員のことをいつも見てくれていて、ありがとう。……それと、今回のことは、本当に悪いことをした。ごめんね」

そして、副キャプテンの方を向くと、「ほら、ちゃんと謝れよ」と言った。

副キャプテンが、しぶしぶ千尋に頭を下げる。

千尋は感極《かんきわ》まって、言葉にならない。

「ありがとう！　これからも取材に来て、気づいたことがあれば教えてくれる？　一年生マネージャーからも、どんどん話を聞き出してあげてほしい」

キャプテンは、固まったままの千尋の頭をポンポンとたたくと、「これからも、取材頑張ってね」と言って校舎へ入っていく。そのあとを、ほかの部員がばつの悪そうな顔で追いかけていった。

千尋は……呆然《ぼうぜん》としていた。背後から、薫子が抱きついてくる。

「いいなぁ、キャプテン公認《こうにん》なんてこれから顔パスじゃん。私も頭ポンポンされたいー！」

壁新聞のこと、ジンクスのこと……胸がいっぱいで、なにから聞けばいいのかわからない。

まずは、みんなにお礼を言わなきゃ。千尋が口を開きかけたとき。

「ごめんね、千尋」

薫子、あかり、部長。みんなが千尋を囲《かこ》む。

「私たち、木曜日のバレー部の試合が終わったあとで、ちゃんと話し合ったんだ」

「千尋があんなに思い詰めていたのに、〝気にするな〟なんて軽い言葉で済ませようとして、本当にごめん」

薫子と部長が頭を下げ、ほかの部員もそれに倣《なら》う。千尋は慌てて首を左右に振った。

「木曜日も無理やり体育館に連れていってごめん。どうしても千尋に戻ってほしかったから……」

聞くと、新聞部のメンバーは、バレー部の敗戦を見届けたあとで部室に戻り、ゴミ箱に捨てられた千尋のノートをみんなで見返して、その内容の濃《こ》さに驚いたのだという。

それを見ながら必死で分析したらしい。「そうしたら……！」と薫子が満面の笑みになる。

「〝負けたあとは必ず勝つ〟ってことがわかったの！　それが証明できたのは、千尋が今までコツコツまとめてきたデータがあったからだよ」

薫子が、千尋の手の中にあるノートを開く。

「それに気づいたの、私ですからね！」

あかりが手を挙げて得意げに言うと、笑いが起きた。

「で、このとおりなら、バレー部も次の試合は勝つよね？　って冗談っぽく話してたら、本当に勝っちゃったし！」

「薫子たちが現地に行ってて、結果をすぐ連絡してくれたんだよ。あのときは嬉しかったなぁ。みんなで日曜に集まって、一日でこの新聞を書き上げたんだよ」

「みんな、ありがとう！」

千尋の頰《ほお》をあたたかい涙が伝う。

「……私、やっぱり部活を続けたい。これからも、しっかり取材して、しっかり応援します。だから、今日からまた、一緒に頑張らせてください！」

「当たり前だよ！　バレー部も追いかけたいし、来月号のソフトの記事もあるからね。これから忙《いそが》しくなるよ！」

部長の言葉にみんなが笑顔になったとき、学校中にチャイムの音が鳴《な》り響《ひび》いた。

その響きは風に乗り、誰もいなくなった校庭の樹木《じゅもく》の葉を揺《ゆ》らして、優しく消えていった。それはまるで、千尋たちに送るエールのようだった。

半透明《はんとうめい》のフレンド

櫻《さくら》いいよ

高校生活は、想像していたよりもつまらない。

もっとキラキラしていて、わくわくする毎日を過ごせるのだと思っていた。

「奏《かなで》、休みだからっていつまでもゴロゴロしていないで！」

「休みなんだからゴロゴロしたいんだよ」

日曜日の午前十時。ジャージのままソファで寝《ね》っ転《ころ》がりながら携帯《けいたい》をいじっていると、掃除機《そうじき》をゴオゴオと鳴らしながらお母さんが大声を上げた。

「ちょっとは遊びに行きなさいよ、高校生になってから毎週ダラダラして」

一緒《いっしょ》に遊ぶ友だちがいれば、せっかくの休日、こんなふうにひとりきりで無駄《むだ》に時間を過ごしていない。ひとりで遊びに出かけたってつまらない。だから家にいるのだ。

なにも知らないお母さんの小言は、わたしの胸《むね》にチクチクと刺《さ》さって痛《いた》い。

「……中学と違《ちが》ってみんな家が遠いんだから、そんなにしょっちゅう遊ばないよ」

「だったら手伝いくらいしたら？」

掃除するのに邪魔《じゃま》なだけじゃない、と言いかけて「なにしたらいいの」と聞いた。その瞬間《しゅんかん》、お母さんが相当驚《おどろ》いた顔を見せたので若干《じゃっかん》気分が削《そ》がれた。

せっかく手伝ってあげようと思ったのに、そんなにびっくりしなくても。

やっぱりやめようかなあ、と起こしかけた体から力を抜《ぬ》くものの躊躇《ちゅうちょ》した。

これ以上家でゴロゴロしていたら、勉強しろだの部屋の片付《かたづ》けをしろだの言われるのは目に見えている。家の手伝いをすれば多少満足してくれるだろう。わたしもこう毎週家にいても退屈《たいくつ》だし。

結局《けっきょく》お母さんからはお昼の買い物を頼《たの》まれた。お父さんがゴルフの打ちっぱなしから帰ってきたらご飯《はん》にするらしい（お父さんも、お母さんに掃除の邪魔だと言われて追い出されたに違いない）。

千円札を二枚握《にぎ》りしめて自転車にまたがりスーパーに向かった。普段《ふだん》なら車で行くような場所なので、自転車だと三十分弱かかる。

無事にたどり着くと、頼まれた焼きそばの袋麺《ふくろめん》と、キャベツと豚肉《ぶたにく》、そしてわたしの勝手な判断《はんだん》で新作のお菓子《かし》を買った。このくらいはお駄賃《だちん》として許されるだろう。

さっさと用事を済《す》ませて、帰路につく。けれど帰りは上り坂が続く。

走り出して、ものの数分で息が乱《みだ》れる。ぜえぜえを通《とお》り越《こ》してひゅうひゅうと喉《のど》から怪《あや》しげな音が鳴り始めた。

ここ最近、学校と家の往復しかしていなかったから、完全に運動不足だ。

「しんどっ……」

ダメだ、ちょっと休憩《きゅうけい》しよう。

たまらず足を地面につけて、深呼吸《しんこきゅう》を繰《く》り返《かえ》す。

近くに公園があったことを思い出して、自転車を押《お》して歩いた。どうせお母さんはまだ、掃除や洗濯《せんたく》をしているだろう。お父さんだってまだ帰ってくるには早い。

住宅街《じゅうたくがい》の中にぽつんと佇《たたず》む小さな公園の入り口で缶《かん》ジュースを買って、ベンチに腰《こし》を下ろした。

今の時間なら、子どもたちで溢《あふ》れかえっているかも、と思ったけれど誰《だれ》の姿《すがた》も見当たらない。ブランコも滑《すべ》り台《だい》もなにもない、空き地のような場所だ。こんなものかもしれない。

ジュースを一口飲んで、ふーっと溜《た》め息《いき》を吐《つ》く。

頭上を仰《あお》ぎ見《み》ると、真っ青な空が広がっている。

春の終わり、風はほんのりと夏の湿気《しっけ》を含《ふく》んでいた。長袖《ながそで》ではちょっと暑いけれど、半袖では日が暮《く》れるとまだ寒い。服装《ふくそう》に悩《なや》むものの、過ごしやすい気候だ。

にもかかわらず、わたしの気持ちはあまり晴れやかではない。

高校生になったこの春からずっと、心の中はどんよりと常に雲が覆《おお》いかぶさっている。

「つまんないの」

ずっと、つまらない日々。一か月前は、新しい生活に胸を躍《おど》らせていたはずなのに。

新しい制服、新しい学校、新しい友だち。そういうものに囲《かこ》まれて、わたしは楽しい毎日を送っているはずだった。

ポケットから携帯を取り出して、SNS《エスエヌエス》を眺《なが》める。中学のときの友だちは新しい友人との充実《じゅうじつ》した毎日のことを投稿《とうこう》している。学校帰りにおしゃれなカフェに寄ったり、部活で一生懸命《いっしょうけんめい》になっていたり、勉強していたり、もう彼氏《かれし》ができた子もいる。

タイムラインは華《はな》やかに彩《いろど》られている。

この中に悩みやさみしさをぶちまける勇気がなく、わたしは最近全く書《か》き込《こ》んでいない。

最後の投稿は『今日は入学式！　高校生活の始まりだー』という四月のもの。

テンションが高い自分の文章に、思わず苦笑してしまう。

「このまま放置していたら……忘《わす》れ去《さ》られそう」

わたしが全く投稿していないことなんて、誰も気付いていない。誰かからメールが来て『SNS最近してないよね』と聞かれることもない。

みんな、それぞれの生活を楽しんでいる。新しい友だちと過ごしているんだなあ、と思うと自分が情けなくて仕方がない。

高校で、わたしがまだ友だちをひとりも作れていないことを知ったら、みんなはどう思うだろう。

みんなに会いたい。でも、新しい環境《かんきょう》に取り残されているのは、わたしだけなのかもしれない。そう思うと、会いたくなくて、最近はわたしから連絡《れんらく》することも減《へ》った。

はーあ、と声に出して溜め息を吐《は》き出《だ》した。

「こんな天気のいい日に、陰気《いんき》になる溜め息やめてよねー」

「……うるさいなあ」

バカにしたような声が聞こえて、反射的《はんしゃてき》に文句を返した。

でも、誰だ。

振《ふ》り仰《あお》ぎ、声の主を確認《かくにん》すると、目の前に、それはそれは可愛《かわい》い女の子が驚いたように目をパチクリさせて、わたしを見ていた。

見たことのない、紺色《こんいろ》のチェックのブレザー。小さな顔に大きな瞳《ひとみ》、長い睫毛《まつげ》。胸元まである真っ黒でさらさらの髪《かみ》の毛《け》は、ふわりと揺《ゆ》らいでいる。

アイドルグループにいそうな（しかもセンターで）滅多《めった》に見かけないほど可愛い子の存在にも驚いたけれど、それ以上に驚いたのは彼女の体だった。

足元は宙《ちゅう》に浮《う》いていて、全体的に半透明で背後の景色がうっすらと透《す》けて見えている。

まるで漂《ただよ》うクラゲ。

「え？　もしかして、あなた、私が見えるの？」

「ひ、あ……あ」

な、なにこれ。どういうこと。ゆ、幽霊《ゆうれい》ってやつ？

でも、まさか、そんなことが。

信じがたい状況《じょうきょう》に、まともに言葉が紡《つむ》げない。水面で餌《えさ》を求める鯉《こい》のように口をぱくぱくさせながら彼女を見つめた。

彼女も信じられないとでも言いたげに、大きな瞳をよりいっそう見開いてわたしを見つめている。

「も、もしかして……」

恐《おそ》るおそる話しかけると、彼女はぱあっと明るい表情を見せる。

「はじめまして、幽霊でーす！」

こんなに明るく言われても、全く幽霊っぽくない。

唖然《あぜん》とするわたしに、幽霊だという彼女はにんまりと微笑《ほほえ》んだ。

不思議なことに、彼女の瞳だけが背後の景色ではなく、わたしの顔を映《うつ》し出《だ》していた。

＊

次の日の月曜日、空はいつもよりも眩《まぶ》しかった。

けれど、わたしの気分は重い。

「誰かと話しながら一緒に学校に行くとか、久々《ひさびさ》ー！」

隣《となり》に浮かぶ幽霊——千賀子《ちかこ》という名前らしい——が子どものようにはしゃぎながら叫《さけ》んでいる。返事をしないのは、ここが外であることと、昨日出会ってからひっきりなしにしゃべり続けていて、相手をするのに疲《つか》れたからだ。

昨日、公園で会ったこの幽霊は、ずっとわたしのそばにいる。

怖《こわ》い夢でも見ているのかと、あのあとすぐに逃《に》げ帰《かえ》った。けれど、ふわふわ漂う幽霊は移動が速く、いろんなことを興奮気味《こうふんぎみ》に話しながら家まで着いてきた。

「……ほ、本当に死んでるの？」

わたしの部屋を興味深そうに眺めている彼女に、改めて声をかけた。

「やっぱり見えてたんだね、私の声聞こえるんだー！　ウッソーすごーい。あ、そうそう、うん、私、死んでるみたいー。名前以外はあんまり覚えていないんだけど」

話しかけると、マシンガントークが始まった。

わかったことは彼女の名前と、十六歳《さい》のときに不運にも交通事故で命を落としたこと。そして、死んだときの姿のまま、年を取らずにこうして幽霊になって、ふよふよと漂っていること。

自分が死んだ直後から幽霊なのか、しばらく経《た》ってからなったのかもよくわからないらしく、生前の記憶《きおく》も少ししかないという。

そんな話を聞いたときは、同情し、どうせ少しの間だろうと話に付き合っていた。

晩《ばん》ご飯《はん》を見て『美味《おい》しそう！』と言い、テレビを見てケラケラと笑い、ドラマを見ているときは今までがどういう展開《てんかい》か、この人は誰かと、ずっとひとりでしゃべっていた。

もちろん、彼女のことはわたし以外には見えないらしく、そばでしゃべり続けている彼女の声は、お母さんにもお父さんにも聞こえていなかった。


「なんで奏には、私が見えるんだろうねえ」

学校に着くやいなや、周りをきょろきょろしながら、誰にも見えていない様子に千賀子が疑《ぎ》問《もん》を口にした。

昨日から何度も聞かされた問いに「さあねえ」と誰にも聞こえないように小さな声で返す。わたしにわかるわけがない。っていうか、こっちが聞きたい。

「なに？　怒《おこ》ってるの？」

「……寝不足なだけ」

「えー。体に悪いよー、寝不足は。目つきもより悪くなってるし」

誰のせいだ。昨晩、ベッドに入ってからも千賀子がずっと耳元で話しかけてきたからじゃない。

「そうでなくても奏は目つき悪いんだからさあ」

なんで昨日会ったばかりの幽霊に、こんなズケズケものを言われなくちゃいけないのだろう。

いつになったら黙《だま》ってくれるのだろう。いや、いつまでわたしのそばにいるのだろう。

このままずーっと取り憑《つ》かれたらどうしよう。

「おはよう、樫田《かしだ》さん」

「あ、おはよう」

教室に入ると、そばにいたクラスメイトが気付いて声をかけてくれた。周りにいた女の子たちも口々に挨拶《あいさつ》をしてくれる。それに返事をしながら自分の席についた。

座ったまま、カバンの中から一冊《さつ》の文庫本を取り出す。今日でこの本も読み終わってしまいそうだから、休み時間に図書室で別の本を探《さが》さなくちゃいけない。

高校に入ってから、すっかり文学少女だ。中学時代の友だちが知ったら、きっとびっくりするだろうなあ。

「ねえ、友だちと話さないの?」

ページをめくると、千賀子がすいーっとわたしの目の前にやってきた。

ちらりと視線《しせん》を向けたものの、ここで返事をすると明らかにおかしな子だと思われるので、うなずくにとどめる。

「友だちいないの？」

直球の質問に、悔《くや》しくてなんの反応もできなかった。

わたしの朝はいつもこんな感じだ。挨拶は交わすものの、ほとんど自分の席で本を読みながら過ごしている。休憩時間も、お弁当のときも。

高校に入学して一か月も経つのに、いまだ、どのグループにも入れずひとりぼっち。

「もうちょっとニコニコして話しかけたらいいのにー」

それだけで仲《なか》よくなれるわけじゃない。

なにも知らないくせに、わからないくせに、という気持ちが膨《ふく》らんでくる。

空中を泳ぐように、目の前からすいっと背後《はいご》に移動した千賀子は「話しかけなよ」とか「大丈夫《だいじょうぶ》だって」とか「笑ってればいいんだって」と友だちになるための助言を繰り返す。

なんてお節介《せっかい》な幽霊。

「奏は顔が怖いんだから、人より笑わないとー」

「……っ」

「あの……」

千賀子の声に誰かの声が重なった。と思ったときにはわたしはすでに振《ふ》り向《む》いていて、背後にいた女の子はびくりと肩《かた》を震《ふる》わせる。わたしの、怒《いか》りを込めた表情に。

「あ、ご、ごめん、邪魔して……」

「いや、え、と」

「今日買ったお菓子が美味しかったから、どうかなーって……ご、ごめんね」

手にしていたのは、最近、発売されたチョコレートの大袋。

わたしも昨日それ買ったんだ。美味しいよね、止まらなくなるよね。

そんな言葉を口にするよりも前に、女の子——たしか名前は佐々部《ささべ》、早希《さき》さん——は逃げるように背を向けて、いつも一緒にいる友だちのもとに戻《もど》っていった。

「ほら、早希ってば。だからやめときなって言ったのに。樫田さん、怒ってるじゃん」

「だ、だって、うちらだけ食べても悪いかなって」

「ひとりでいたい人っているじゃない」

そんな会話が聞こえてきて、奥歯《おくば》をぐっと噛《か》みながらうつむいた。

目の前の千賀子は、ちょっとだけ気まずそうな顔を見せる。

「えーっと、私のせい？　えへ、ごめんー」

「……うるさい」

ぽつりと言った声が、千賀子に聞こえたかどうかはわからない。

なんで、今更《いまさら》こんな気持ちにならなくちゃいけないんだろう。

――『怒ってるの？』

昔から、何度も聞かれたセリフ。

わたしの顔がきつい、というのに気付いたのは小学校の頃《ころ》だった。奥二重《おくぶたえ》で、吊《つ》り気味の目元は、黙っていると不機嫌《ふきげん》そうに見えるらしい。

おまけに、わたしは感情表現が苦手で、口下手《くちべた》だった。

自分の感情がうまく相手に伝わらないと自覚してからは、元々人見知りだったのが悪化して、ますます人と話すのが苦手になった。

どう言えば相手を不快にさせないか。

どう接すれば仲よくなれるのか。

ぐるぐる考えを巡《めぐ》らせていると、表情が硬《かた》くなってしまう。

その結果が、今だ。クラスの子たちにすっかり、〝ひとりでいるのが好きな子〟だと思われてしまったらしく、朝と帰り以外はほとんど誰にも話しかけてもらえなくなった。

どうして、中学のときに仲がよかった友だちと同じ高校に進学しなかったのだろう。

もう少し、うまくやれると思っていた。

いつまで、こんな学校生活を過ごさなければならないのだろう。

どうしたらいいのかわからないまま、一か月。

後悔《こうかい》をつのらせてばかりの、一か月。

こんなときに、こんな幽霊と出会うなんて、なんだか余計に惨《みじ》めに思える。


「ねえ、まだぷんぷんしてるの？」

お昼休み、お弁当を食べてから人気《ひとけ》のない図書室に移動すると、千賀子が聞いてきた。

「……別に」

怒ってない、とは言えない。図星だったからだ。千賀子に腹《はら》を立てても仕方がないのに。

「だったらなんで、ずーっと不機嫌そうな顔してるのよー」

「元々こういう顔なの、わたしは」

気にしていることをそう何度も言わないでほしい。

周りに人がいないかをさりげなく気にしながら返事をして、一冊の本を手に取った。

「ひとりってさみしくない？　あ、じゃあ私、友だちができるまでそばにいてあげるよ」

「……いや、大丈夫だし……」

いいこと思いついた！　みたいな顔で提案《ていあん》されても。

友だちができるまでって、できなかったら、ずっとわたしのそばにいるってこと？　そんなことになったら寝不足で死んでしまう。

「えーなんで？　私、生きてる頃は友だち、たくさんいた記憶あるからさー、奏が友だちつくる手助けできると思うよ！」

キラキラの笑顔を向けられて、反応に困《こま》ってしまった。

と、同時に〝友だちがたくさんいた〟という言葉に、嫉妬《しっと》してしまった自分もいる。

「とりあえず、ほら、笑顔で自分から話しかけたり」

「話しかけるだけで……友だちができるわけないじゃない」

思わず冷たい口調になる。だって、千賀子にわたしの気持ちなんてわからない。挨拶するだけで怖がられる気持ちが、千賀子にわかるわけがない。

なにもしなかったわけじゃない。高校に入学してすぐの頃は、一生懸命話しかけた。挨拶だって自分からした。笑顔の練習だってした。

でも――そんなわたしを置いてみんなはグループを作っていく。わたしひとりを置き去りにして。

「でもさあ」

「わたしのことより……自分のこと考えたほうがいいんじゃない？　いつまでも幽霊のまじゃなくて、成仏《じょうぶつ》っていうの？　そういうのしたほうがいいと思うけど」

千賀子の言葉を遮《さえぎ》って、そっけなく言う。すると、目の前の千賀子の顔から、笑みが消えていった。

もしかして、言っちゃいけないことだったのかもしれない。

「……そんなの、私だっていっぱい考えたし。なんでそんな不満そうに言うの。そんなに私が邪魔なの？」

「え、いや……そういう……」

邪魔、という言葉を、すぐに否定《ひてい》できず、言いよどんでしまった。

その瞬間に、千賀子は全てを察したかのように「もういいよ」と、ぷいっとそっぽを向いて離《はな》れていく。数メートル進んだところで振り返り、

「奏の意地《いじ》っ張《ぱ》り！　さみしいくせに！　ずっとひとりでいればいいよ！」

そう言《い》い捨《す》てて、姿を消した。

「さ、さみしくないし」

誰もいなくなった図書室で、ひとりごちる。

千賀子と過ごしたのはたった一日で、その間ずっとうるさいなあと思っていた。けれど、千賀子がどこかに行ってしまうと、突然《とつぜん》周りが静けさに包まれて、さみしく思えた。

よく考えたら、あんなふうに誰かと話をするのって、高校に入ってから初めてのことだった。


「……千賀子、大丈夫かな」

学校からの帰り道、電車を降《お》りて家を目指して歩きながらつぶやいた。

なにが大丈夫なのかは、わからないけれど。

気がつくと、ただずっと千賀子のことを考えてしまっている。

ふと、いつもそばを通る公園に人影《ひとかげ》が見えて、視線を向けた。なんだか、ぼやっとしている変な人だなあと足を留めて目を凝《こ》らすと、そこには涙《なみだ》を流している幽霊の姿があった。

「……ち、千賀子?」

驚くとともについ声をかけてしまう。

ぱっと顔を上げた千賀子は、わたしの姿を見つけるなり顔を歪《ゆが》ませた。

「ど、どうしたの?」

さっきケンカをしてしまったばかりだから、話しかけてもいいのかな、と思いつつ、公園に足を踏《ふ》み入《い》れる。

学校であんなふうに怒ってどこかに行ってしまったから、もしかすると避《さ》けられるかもしれないと思った。けれど、近付いても千賀子は逃げようとしなかった。

ただ、涙を流しながらわたしを見つめている。

「どうしたの?」

可愛い女の子の泣き顔は、あまりに儚《はかな》く見える。

「……誰も、気付いてくれない」

「え?」

「誰に話しかけても誰とぶつかっても気付いてもらえない。それが、さみしくて……」

話しながら、千賀子はぼろぼろと大粒《おおつぶ》の涙をこぼした。

溢れる涙は、千賀子の体と同じように、空気中にふわふわと浮かんで、しばらくすると蒸発《じょうはつ》したかのように消えてしまう。

「私は、ひとりなの、さみしいよ。奏は、さみしくないの？」

今まで、千賀子はずっとひとりきりだったんだ。

わたしと出会うまで、誰の目にも映らず過ごしていたんだ。

「今までの友だちも誰だったか思い出せないし、思い出したって、誰にも見えない。みんなも私のことなんて忘れちゃってるんだ。じゃあ、ここにいる私ってなんなの。ねえ、奏、ひとりは、さみしいよ」

わたしも、ひとりはさみしい。友だちがほしい。

改めてそう思うと、涙がじわりと瞳に溜まりはじめて、あわてて拭《ぬぐ》った。泣きたくないのに、止まらない。今まで堪《こら》えていたものが一気に溢れ出してしまう。

連絡のない携帯に、増えない連絡先。朝と帰りの挨拶だけの希薄《きはく》な関係。

今わたしが消えても、きっと誰も気に留めない。

死んでいるのに明るい千賀子のことを、ちょっと苦手に思っていた。千賀子のように可愛くて、元気に話しかけることができたら、わたしにも友だちができたのにって、うらやましく思った。

でも——千賀子もさみしかったんだ。

考えてみれば当然だ。わたしだって、高校に入ってから友だちができないことを、誰にも告げたことはない。お母さんにはもちろん、中学時代の友だちにだって恥《は》ずかしくて言えない。たまに届くメッセージへの返信でだって、いつも明るく振《ふ》る舞《ま》っていた。

「……ごめん、千賀子」

話したくてもうまく話せないわたしの気持ちは、きっと千賀子にはわからない。でも、誰とも話せない、そんな日々を過ごしてきた千賀子の気持ちも、わたしにはわからない。

生きているけれど友だちのいないわたしと、死んでしまって友だちがいなくなってしまった千賀子。

ひとりぼっちのわたしたち。

「友だちに、なろう」

自分のためなのか、千賀子のためなのか、わからない。

涙をぐい、と手の甲《こう》で拭ってから、千賀子を見据《みす》えて言った。

千賀子は、すがるような眼差《まなざ》しになったあと、涙でぐちゃぐちゃになった顔でふにゃりと笑って、コクリとうなずく。

差し出した手に、千賀子のぬくもりを感じることはできなかった。けれど、間違いなく重なった手が、わたしには見えた。


千賀子と出会ってから、二か月が過ぎ、日差しは強く肌《はだ》をじりじりと焦《こ》がしはじめた。

わたしたちは、出会ってから四六時中そばで過ごしている。

学校帰りに千賀子と寄り道をするようになり、いろんな場所に行った。

最近はやりのアイスクリームを食べにいったり、ウインドウショッピングを楽しんだり。

もちろん、はたから見ればわたしはひとりで遊んでいるさみしい子かもしれないけれど、ひとりじゃない。

そばで楽しそうに笑っている千賀子を見ると、全く気にならなかった。

「奏、もうちょっと可愛い格好《かっこう》しなよー、目つき悪いんだから」

「やめてよ、絶対似合わないし。っていうか、わかってて言ってるでしょ」

「あはは。美人系だから、こういう格好はどう？　似合うと思う」

千賀子は思ったことを全て口にする子で、たまに無神経な発言にイラッとすることもあった。でも、逆に言えば、思っていないことは言わない子だ。

だからだろう。わたしも千賀子には気を遣《つか》わずに話ができた。

高校に入ってから、こんなふうに友だちと遊ぶのは初めてのことで、毎日わくわくした。まるでずっと昔からの友人のように、気楽に過ごせるなんて。

彼女は、幽霊。でも、だからこそずっと一緒にいられる。最高の友だち。


「奏って本当、笑顔作るの下手すぎるよね」

「もーうるさいなあ」

学校に行く途中《とちゅう》にクラスメイトと出会って、挨拶を交わしたわたしを見て、千賀子があきれたように笑った。

きっと、相当ぎこちない笑みを顔に貼《は》り付《つ》けていたのだろう。

「奏の作り笑い見たら、そこらへんにいる地縛霊《じばくれい》も逃《に》げ出《だ》すかも」

「失礼なこと言わないでよ」

ケラケラと笑ってわたしをバカにする。自分がちょっと可愛いからって、人の気にしていることを笑いのネタにしないでほしい。

「千賀子もそのうちその地縛霊になって、怨霊《おんりょう》みたいにどろどろの醜《みにく》い幽霊になるんじゃないの」

「ひっどーい！　その発言、無神経！」

ぎゃあぎゃあとわたしのそばで叫ぶ。周りに迷惑《めいわく》だと言いたいけれど、聞こえるのはわたしだけなので、ひとりで耳をふさいでやり過ごす。

むっとした顔で千賀子がわたしの目の前に顔を近付けてきて、思わず避けるように歩いてしまった。きっと、周りには変な動きに見えただろう。

「おはよう樫田さん」

「あ、おはよう」

いつものように挨拶だけを交わして席に着くと、すぐに立ち上がった。

今まではクラスメイトの会話に意識が集中しないように本を読んでいたけれど、最近は内容がちっとも頭に入ってこない。もちろん原因は、そばでうるさくする千賀子だ。

人前で返事をするわけにもいかないので、最近はカバンを机に置いたらすぐに人気《ひとけ》のない階段《かいだん》に移動するようになっていた。

「そういえば、地縛霊って本当にいるの？」

階段に腰を下ろして、ふと、さっきの会話を思い出して聞いてみた。

千賀子に出会うまで、わたしに霊感があると思ったことは一度もない。今もそんなものは見えないし、千賀子に出会ってからは、幽霊というものに恐怖《きょうふ》も感じなくなった。

「さあ？　知らない」

幽霊でも知らないのか。

「死んだら、みんな千賀子みたいにそのへんにいるのかな？」

「どうなんだろう。……でも、死んでからずっと、本能みたいな感じで〝成仏しなきゃ〟って、感じてるから、他の人は成仏して生まれ変わってるんじゃないかな」

成仏に、生まれ変わりか。

死んだら、なんとなく感じるものがあるらしい。本当にそういう世界があるんだなあ。

「千賀子は、生まれ変わったら、なにになりたい？」

「……生まれ変わらなくていいよ」

大した意味もなくした質問だった。けれど、千賀子のつぶやくような声に、体が一瞬《いっしゅん》、強張《こわば》った。

聞いてはいけないことだったのかもしれない。死んだ千賀子にこんなことを聞くのは、たしかに無神経だ。

「ご、ごめ……」

「感じるだけだからさー。生まれ変わるって言われても、よくわかんないんだよ。怖いじゃーん。それに、私が成仏しちゃったら、奏がひとりぼっちになっちゃうじゃないー」

あわてて謝罪《しゃざい》を口にすると、それを遮るように千賀子が笑って言った。

「ひとりになったら、さみしいでしょー奏」

「そ、そんなこと」

ない、と言葉を続けようとしたけれど、想像したら、たしかにさみしいだろうと思った。

千賀子がそばにいることで、学校で友だちがいないことを以前ほど苦痛《くつう》に感じることはなくなった。

正直に言うと、以前よりもずっと、クラスの輪からはみ出しているだろうけれど。

それでも、千賀子がいる毎日は、今までよりも楽しい。

「……そんなこと、ある」

「奏は意地っ張りなのに、素直だよねー！　大好き！」

千賀子はぎゅうっと抱《だ》きつくようにわたしに絡《から》みついてきたけれど、感覚はない。

それでも、本当に嬉《うれ》しそうに「ふふふ」と笑う千賀子に、わたしも可愛いなあ、と思って抱きしめるように手を回したが、その手はむなしく空《くう》を切った。

いつもあっけらかんとしているけれど、本当の千賀子は人一倍さみしがり屋だ。ずっとしゃべり続けるのも、そのせいだろう。

「私がそばにいてあげるよ。ずーっと！」

「わたしが、そばにいてあげるんだよー」

そう言い合って、くすくすと笑う。

誰も通らない校内で、小声で話すわたしたち。まるで、わたしまで誰の目にも映らない存在《そんざい》になったみたいだ。

友だちのいないわたしと、死んでしまった千賀子。全然違う性格だけれど、お互《たが》いだけが自分の存在を確かにしてくれる、そんな気持ちになる。わたしたちは、似た者同士なんだ。

「あ、きれいな雲」

「ほんとだ」

千賀子が窓《まど》から見える空を指差して、わたしは携帯を掲《かか》げて写真を撮《と》った。それをSNSに投稿する。

本当は千賀子も画面にいたけれど、写真には当然写らない。

「これなに?」

ひょこん、と表示されたメッセージに、わたしよりも早く千賀子が反応した。

「ああ、誰かがさっきの写真にコメントくれたみたい」

そう言いながら操作《そうさ》すると、中学時代の友だちが『きれー』という短い反応をくれていた。それに対して『学校から見えた空だよ』と返信すると、電話が鳴った。

「もしもし、奏ー?」

なつかしい声が電話越しに聞こえて、心の中がぽっと温かくなる。

小学校から中学まで、ずっと仲がよかった友だちの華《はな》ちゃんだ。

久しぶりだなあ、と思うと同時に、一気に中学時代に戻ったような気持ちにもなった。

「華ちゃん、久しぶりー!　どうしたの、急に」

「奏の投稿久々で、声聞きたくなったんだよー。最近どうしてる?　久々に遊ぼうよ!」

「えー会いたい会いたい！」

予鈴《よれい》が鳴《な》り響《ひび》くまでの数分で、放課後にみんなで会うことを約束して電話を切る。久々に予定が入ったことに、心が躍《おど》る。

三か月ぶりに会う華ちゃんや他の友だち。ＳＮＳで写真は見ているけれど、どんな感じかなあと想像を巡らせた。みんなはどんなふうに高校生活を送っているんだろう。

「誰？」

ふふふーん、と鼻歌交じりに携帯をポケットにしまうと、千賀子の不安そうな声が聞こえて顔を上げる。

「今の？　中学のときの友だち」

「……奏の、友だち？」

なんだか、テンションが低い。

千賀子のさみしげな横顔に、胸がきゅうっと締《し》め付《つ》けられる。

「友だちがいないのは、私だけだったんだ」

「なに、言ってんの」

「奏には、ちゃんと、友だちがいたんだね」

その言葉に、どう返事をしていいのかわからなくなる。

「千賀子も、わたしの友だちだよ……」

絞《しぼ》り出《だ》すような声でそう告げると、千賀子は力なく笑った。

悲しそうな千賀子は、ひゅうっと風が吹《ふ》くと、そのまま飛んで消えていってしまいそうに儚く見えて、不安がよぎる。

「ずっと、千賀子のそばにいるよ。友だち、だから」

「……ちょっと、ヤキモチ焼いただけ」

わたしの顔を見て、ふ、と笑みをこぼして千賀子が言う。けれど、その口調に、いつものような明るさはなかった。


「わー久々！　奏！」

放課後、駅に着くと、わたしの姿を見つけた華ちゃんが、大きく手を振って呼《よ》びかけてきた。他にも仲よくしていた三人の友だちが一緒だ。なつかしい面々に、心がほっとする。

と同時に、そばにいない千賀子の存在に胸が痛む。

朝の一件から、千賀子は珍《めずら》しく無口だった。いつもはうるさいほどしゃべるのに、ほとんどなにも言わず、授業中も休み時間もずっと空を眺めていた。

学校から出ると『そばにいると邪魔でしょ、先に帰ってる』と一方的に言って、逃げるようにどこかに行ってしまった。

久々に会う友だちとの時間も嬉しいけれど、心から楽しめない自分がいる。

そわそわした気持ちでみんなについて歩き、ファストフード店に入った。中学時代もよく来た店だ。

「友だちできた？」

「あ、うん、まあ……」

それぞれが注文を済ませて席に着くと、華ちゃんに聞かれた。

高校の友だち、ではないけれど。新しい友だちができて高校で一緒に過ごしている、という意味ならばウソにはならないだろう。けれど少し、後ろめたい気持ちになるのは——

相手が幽霊だからだ。

この子だよ、と写真を見せることもできない。

高校の誰に聞いても、わたしに友だちがいるとは答えないだろう。

いろいろ突《つ》っ込《こ》まれたらどうしようかと、ジュースのストローをいじっていると、

「最近SNSで奏を見かけないから心配してたんだよー」

と、華ちゃんが優《やさ》しい声で言った。

「あ、あたしも思ってた！　ほら、奏、人見知りするしね」

そんなふうに思われていたなんて、ちっとも知らなかった。っていうか、全然連絡をくれなかったから、みんなそれぞれ新しい場所で楽しんでいて、わたしのことなんて忘れてしまったと思っていた。

「そうそう。奏って、一見クールでちょっと近寄りがたい雰囲気《ふんいき》もあるからさあ。小学校の頃もよく『いつも怒ってる』とか『怖い』って勘違《かんちが》いされてたしねえ」

「話すと、そんなことないんだけどねー」

「高校入ってからSNS投稿しなくなっちゃって。でも大丈夫？　なんて声かけるのも、奏はあんまり嬉しくないだろうしさ」

「さみしかったよー、会えなくてー。久々に会えてほんと嬉しいよねー！」

誰からも連絡がないことを、さみしく思っていた。

けれど、華ちゃんの言うように、きっと連絡があってもわたしは素直に受け入れることができなかっただろう。心配されたくなくて、できるだけ連絡を取らないように、みんなの目に自分の存在が触《ふ》れることのないようにしていたかもしれない。

そのくせ、忘れ去られているのかな、なんて卑屈《ひくつ》になって。

「ご、ごめん……」

言葉にすると、情けなくて涙が出てきた。わたしは、自分のことばかり考えていた。華ちゃんたちの気持ちなんて、ちっとも考えていなかった。

「なに泣いてんのー！　いいんだよ、奏に友だちができることのほうが嬉しいし！　そりゃあ、あたしたちより仲よくしてるのかもーって思うと、少しヤキモチ焼いちゃうけど」

「友だちがひとりでさみしそうにしてたら、そっちのほうが心配だよねえ」

わたしも、大好きな友だちには、毎日楽しく過ごしてもらいたい。

もしも華ちゃんが、高校で友だちができていなかったら心配する。友だちがわたしの知らない場所でさみしく過ごしている姿を想像するだけで、心臓《しんぞう》がばくばくと早鐘《はやがね》を打つ。

ふと、千賀子が公園でひとり佇んでいた姿を思い出した。

たったひとりで、どこかを見つめていた千賀子。

ひとりぼっちはさみしいと泣いていた。

「あたしたちがずーっとそばにいられたら、いいんだけどねー」

「高校、みんな別れちゃったもんねー。なかなか会えないよね」

そんな会話から、それぞれの学校の話、ちょっと早いけれど進路の話をした。彼氏ができた友だちののろけ話を聞いて、どんな人と付き合いたいかとか、大学生になったら、社会人になったら、という未来を想像して盛《も》り上《あ》がった。

華ちゃんたちの会話を聞きながら、〝ずっと〟がいつまでなのかを考える。

華ちゃんたちとは、ずっと友だちだと約束した。それは、一緒に過ごすという意味ではない。一緒の学校でなくても、年に数回しか会えなくても、友だちだ。

でも、千賀子とわたしの〝ずっと〟は、多分、違う。

顔を上げると、目の前にはわたしの、大好きな友人がいる。

四人の、幼いときからわたしのことを知っている友人たち。離れていても、どこかでわたしを心配してくれて、どこかで思い出してくれる、友だち。

幸せになってほしい人。

幸せを願ってくれる人。

その数が多ければ多いほど、もしかしたらとても、幸せなのかもしれないと、そんなふうに感じた。

でも、千賀子には、わたしだけだ。だって、わたしにしか見えないんだもの。

でも、わたしは千賀子にも幸せになってもらいたい。わたしのいない場所でも、誰かと笑って過ごしていてほしい。笑っていてほしい。

それは、ふたりだけでずっと一緒にいることでは、得られないんだ。


「ただいま、千賀子」

家に帰って部屋に入ると、千賀子が隅《すみ》っこで小さくうずくまっていた。重力を感じない半透明の千賀子は、小さくて弱くて不確かな存在。

わたしの声にそろりと振り返った千賀子の頬《ほお》には涙が伝っていた。が、わたしを見ると、少しほっとした表情になる。

「もう、奏に見えないかもしれないって、思った」

「そんなわけないじゃん」

苦笑して、カバンをおろし、千賀子のそばに座った。

「私を、忘れないで。私のそばにいて」

千賀子がわたしにすがるように震える声で言った。

それを言いたいのはわたしのほうなのに。

「奏に、友だちができちゃったら、きっと私のことなんて忘れちゃうでしょう?」

「そんなことない。絶対、忘れない」

背後が薄《うす》く透ける千賀子の体。ちゃんと考えていなかったけれど、千賀子はいったい、いつからこの十六歳のままなのだろう。何年間、ひとりで過ごしていたのだろう。

千賀子は、生前たくさんの友だちがいたと言っていた。たくさんの友人の笑顔の真ん中で、人一倍幸せそうに口をあけて笑い、楽しそうにしていただろう。

ちょっと無神経なところもあるけれど、人なつっこくて、素直で、少しさみしがり屋の千賀子。わたしは、そんな千賀子が大好きだ。

千賀子が生きていたら、同じクラスにいたら、きっとわたしの高校生活は四月からとても楽しかっただろう。

不安と孤独《こどく》に押しつぶされそうになっている千賀子は、以前の、ひとりきりだと思っていた頃のわたしだ。今のわたしは、自分はひとりじゃなかったって知っている。

でも、今、部屋でひとりで泣いていた千賀子は、出会ったときの千賀子のままだ。一緒にいても、わたしは千賀子のさみしさを完全に拭うことは、できないんだ。

千賀子には、こんな泣き顔、似合わない。千賀子は、もっとたくさんの友だちに囲まれて笑っていてほしい。

「千賀子、もう、ここにいちゃダメだよ」

触れることのできない千賀子に手を差し伸べて言った。

「千賀子の前の友だちも、千賀子がさみしい思いをしながらここに留まっているのを知ったら、絶対、つらいよ。友だちが泣いてるなんて、イヤだよ」

涙で声が震えてしまいそうになるけれど、泣いたらダメだと自分に言い聞かせて必死に堪える。

泣いたら、別れみたいだ。

違う、別れじゃない。これは——ちゃんと友だちになるための一時《いっとき》のさよならだ。

わたしの発言に、千賀子は目を見開いた。

「なんで、そんなこと言うの」

「千賀子に、幸せになってもらいたいから」

「なにそれ！　そんなこと言って、幽霊の私が邪魔になっただけじゃないの！」

「違う！」

そうじゃない。

友だちだから、大事だから、そばにいてほしいけれど、それじゃ千賀子が幸せになれない。今だって、千賀子は幸せそうに見えないよ。

だって、出会ったときと同じように、ひとりぼっちだって思ってる。

「わたしはこれから年を取っていくよ。来年には十七歳になって、その次は十八歳になって。でも——千賀子は今のままずっとずっと、そのままでいなくちゃいけないんだよ！」

友だちと、来年の話をする。未来の話をする。

けれど、千賀子にはそれができない。千賀子には、未来がない。

数十年後、わたしが大人《おとな》になったとき、わたしは大人になった千賀子とそばにいたい。

でも、今のままじゃ、どうあがいたって無理なんだ。

そのとき、きっと千賀子はひとりきりでさみしい思いをしてしまう。

「わたし、千賀子に幸せになってもらいたい」

「なに、言ってんの」

「死んだあとのこととかわからないけど、千賀子はまた幸せになれるはず。幸せになってもらいたい。たくさん友だちを作って、笑っていてほしい」

こんな状態で、ここに留まるなんてもったいないよ、千賀子。

「そんなの、わかんないじゃない……いやだよ、怖いよ」

「千賀子には、不安を感じたまま、過ごしてほしくないよ」

このままここにいても、千賀子の不安を一掃《いっそう》することはきっとできない。わたしが生きていて、千賀子が死んでいる限り、絶対に安心できる日は来ない。

本当は、さみしい。

たった二か月でも、わたしにとって千賀子の存在はすごく頼もしかった。

一緒にいて本当に楽しかった。そばにいたい。もっとたくさん話がしたい。これからたくさんのことを一緒に見たい。

また、ひとりきりになるのかと思うと心細いよ、わたしも。

でも。

「わたしは、千賀子のことを絶対忘れない。ずっと、友だちだから」

触れられない千賀子の手に、自分の手を重ねる。

なにも感じないけれど、そこにはたしかに千賀子がいる。そばにいなくても、ずっと、友だちでいることはできるよ。

「よくわかんないけど、輪廻転生《りんねてんせい》とかっていうのがあるなら、わたし絶対、千賀子を見つけ出すから。もう一度、友だちになるから」

「……いい加減《かげん》なことばっかり言わないでよ。生まれ変われるのかわかんないし、生まれ変わったって奏に出会えるかもわかんないじゃん」

わたしの必死さに、千賀子が肩をすくめて苦笑した。

「で、でも！」

「……じゃあ約束して」

千賀子は歯を食いしばってから震える声でわたしに言った。

「約束する！　絶対忘れないし、絶対また友だちになる！」

「違う」

ふるふると頭を振って顔を上げた千賀子は、わたしを心配するかのように眉《まゆ》を下げていた。

「ちゃんと、友だちを作って」

千賀子の言った意味がしばらく理解できなくて、ぽかんと口を開けて固まってしまう。

そのあとに出てきたのは「え?」という間《ま》抜《ぬ》けな声だ。

「奏なら、大丈夫。私なんかと友だちになってくれたんだから、奏にはたくさんの友だちができる」

「そ、そんなこと……」

「幽霊の私と、友だちになってくれたじゃない。今だって、私のために……ひとりになるのに、そんなこと気にしないで成仏しろって言うくらい、お人好《ひとよ》しなんだから」

「それを言うなら、千賀子のほうがお人好しだよ……」

たったひとりで、知らない場所にいく。どうなるかもわからない不安な気持ちのくせに、なんで、わたしの心配なんて……。


それは、友だちだからだ。


「わか、った」

千賀子が、『私のおかげで友だちできたんだね』と自慢気《じまんげ》に言えるくらい、友だちを作ってみせる。

本を読んだり、教室を出たり、楽な方法に逃げたりしないで、話しかけるよ。だってわたし、千賀子と友だちになれたんだもの。すごく素敵《すてき》な友だちがいるんだもの。

新しい友だちを作ることだってできるはずだ。

「約束する」

小指を突き出して、涙をこぼしながら笑った。

涙が乾《かわ》いた頃には、千賀子の姿は空気に溶《と》けてしまったかのように、目の前からなくなっていた。

——また、会えるよ。絶対また遊ぼうね、千賀子。


二か月ぶりの、静かな朝。学校までの道のりはいつもよりも遠く感じた。

いつものように教室に入り、クラスメイトと挨拶をした。けれど、相変わらずひとりきりで机に座っている。

ダメだ。これじゃ今まで通りじゃないか。

——『奏なら、大丈夫』

千賀子の声と笑顔を思い出す。

そばにいる女の子たちにちらりと視線を向けてから、勇気を振り絞り、立ち上がる。

「あ、あの！　そのお菓子……美味しいよね！」

思ったよりも大きな声になってしまって、顔がカッと赤くなる。

「え、えと、その」

「はははは、どうしたの樫田さん！　びっくりしたあ」

「顔真っ赤だよー、樫田さんかわいー！」

しどろもどろに話を続けようとすると、女の子たちに笑われてしまった。

恥ずかしすぎて消えたい。そう思っていると、「はい！」と目の前にお菓子を差し出された。

それをひとつ手に取って口の中に入れると、優しい甘さが広がった。

いつだって真実ってヤツは

雪宮鉄馬《ゆきみやてつま》

「犯人は、あなたです!」

探偵《たんてい》の人差し指が、ひとりの少年を指し示した。殺風景な部屋全体が騒然《そうぜん》となって、集められた人々の視線が少年に注がれる。

「な、何言ってるんだ!? 俺《おれ》が犯人なわけねえだろっ」

と怒鳴《どな》る少年の目は泳ぎ、声は上ずっていた。明らかに狼狽《うろた》えている。そういう時、犯人は決まって、あの台詞《せりふ》を口にする。

「しょっ、証拠《しょうこ》はあるのかよっ。証拠もないのに犯人扱《あつか》いするつもりかよっ」

ほら来た。少年の台詞を耳にした探偵は、勝利を確信して微笑《ほほえ》んだ。もちろん、証拠はある。仮定と実証により、推理《すいり》は事実に変わり、そしてそこにひとつの解答を、探偵はすでに見つけているのだ。だが、答えを口にするのはまだ早い。

ここから先は、探偵と犯人の一騎打《いっきう》ち。戦いの主導権をつかみ取り、相手がボロを出した瞬間《しゅんかん》を突《つ》いて、アリバイを崩《くず》し、罪《つみ》を認めさせなければならない。その必殺の奥の手である証拠は、まだちらつかせるだけでいい。

「だっ、だいたい、俺はホントに何も知らねえって、最初から言ってるだろっ。怪《あや》しいっていうなら、都築《つづき》の方が怪しいよっ‼」

少年は傍《かたわ》らに立つ少女を指差した。見るからに活動的な容姿にぴったりなポニーテールがぴくりと跳《は》ね、少女は、そうでなくとも吊《つ》り上がった目を一層吊り上げた。

「ちょっ、あたしがどう怪しいっていうのよっ⁉」

「だって、あんなことするのは都築だけだろっ⁉」

「それ、どういう意味よ⁉　あたしも全然知らなかったっつーの！」

「それ、証明できんのかよ⁉」

少年のひとことに、吊り目の少女は「うっ」と唸《うな》ってしまう。

吊り目の少女は、ひとりだけパイプ椅子《いす》に腰《こし》かける、ずいぶんと物静かな少女にすがるように視線を送った。

「マ、マナ、助けて！」

「証明できる……。香澄《かすみ》もわたしもあそこにアレがあると知ったのは、事件が起きた後、彩音《あやね》から教えてもらってからだ」

彼女は普段とても静かで、口を開くの自体珍《めずら》しいことだった。しかも、その口から意外な人物の名が飛び出してきたものだから、一同の視線が一斉《いっせい》に部屋の隅《すみ》でぽつんと佇《たたず》むひとりの少女に向かう。

「彩音⁉」

やたらと少女多いな、この部屋……などとくだらないことを思う余裕《よゆう》もない。唐突《とうとつ》に視線を集める形となってしまった少女は、犯人でもないのにひどく狼狽えた。

「えっ、あの、わ、わたしっ。そのっ、ロッカーの整理をしてたら、そのっ、アレがあるのに気付いて、……でもっ、わたし、犯人じゃありません！」

これといって特徴《とくちょう》のある容姿ではないが、どこか純朴《じゅんぼく》で大人《おとな》しそうな少女は、無垢《むく》な瞳《ひとみ》を潤《うる》ませて、必死に自らの無実を証明しようとする。これが推理小説なら、こういった人《じん》畜無害《ちくむがい》そうな顔をしたヤツこそ、犯人であることが多い。その仮面の裏《うら》に、狂気《きょうき》を秘《ひ》めているものなのだ。

だが、そういった推理小説業界の相場など関係ない。証拠はすべて出そろっている。犯人は、少年をおいて他にはいないことを、探偵は知っている。

「そらみろ、古谷《ふるたに》が一番怪しいじゃないかっ！　だいたい、俺は『大豆のクッキー』なんて知らない……」

少年が得意げな笑みを浮《う》かべて口走った言葉を探偵は聞《き》き逃《のが》さない。いや、他の三人の少女も驚《おどろ》きに息をのんだ。部屋の空気が一変したのを感じた少年は、一人ひとりの顔を見回しながら、さらに狼狽えた。

「な、なんだよ、みんなっ」

「どうして、わたしがロッカーに隠《かく》していたのが『大豆のクッキー』だと？」

探偵が静かに言うと、少年はお約束のようにハッとなるが時すでに遅《おそ》し。

「ロッカーの奥《おく》に隠しておいたわたしのおやつが『大豆のクッキー』だということは、実際にそれを見た古谷彩音さんと、犯人しか知らない事実！」

「そんなに俺を犯人にしたいなら、証拠を見せてみろよ！　物的証拠をな!!」

「見苦しいぞ犯人！　残念だが、証拠ならあるんだよ!!」

この期《ご》に及《およ》んでもまだ、シラを切り通すつもりの犯人を一喝《いっかつ》すると、探偵は怒濤《どとう》のごとくたたみかける。

「彩音ちゃんが犯人ではなく、あなたが犯人であるという確たる証拠！　それは、彩音ちゃんが大豆アレルギーだってことだ！　つまり、アレルギーの彼女は、『大豆のクッキー』を食べることはできないのだよ！　さらに、あなたの口元についている、『大豆のクッキー』の食べかすが何よりの証拠だーっ!!」

「何っ!?」

少年は口に手をやる。もはや慌《あわ》てても騒《さわ》いでも遅い。さわった指には大豆クッキーの食べかすがしっかりとついていた。慌てていたとはいえ、自分がうかつだったことを悟《さと》って観念したのか、少年はがっくりと膝《ひざ》をつく。

「どうしてこんなことを？」

探偵は少年にそっと歩み寄ると、少年の肩《かた》に手をのせて優しく語りかけた。

「腹が、腹が減ってたから。だって昼飯を……」

「そうか、わかった。みなまで言うな。すべての事件は、人間社会という害意のなせること。罪を憎《にく》んで人を憎まずだ。キミも、社会の犠牲者《ぎせいしゃ》だったのかもしれないな」

嗚咽《おえつ》交《ま》じりの少年を諭《さと》した探偵は、遠い眼《め》をして窓の外を見やった。いつの間にやら雨が窓を静かに濡《ぬ》らしていた。

この少年の涙雨《なみだあめ》なのだろうか……。

探偵はそんなことを思い、この悲しい事件は幕を下ろした。

《完》

＊

「……って、なに軽くシメに入ってるんだよ！」

むくっ、と少年——篠原真琴《しのはらまこと》が顔を上げる。その顔には狼狽《ろうばい》や涙などなく、むしろ怒《いか》りに満ち溢《あふ》れていた。

「つーか、お前がこっそり、俺の昼飯《ひるめし》を全部つまみ食いしやがった所為《せい》だろうがっ!! 何が社会の犠牲者だよ。訳《わけ》わかんねえよっ。俺は、お前っていう幼なじみの犠牲者だっつーの！　実月《みつき》!!」

「いやあ、それはその」

えへへ、ごめんね。と笑いながら探偵……いや随分《ずいぶん》と背の低い少女、水瀬《みなせ》実月が舌をチロリと見せる。もちろん、わざと可愛《かわい》い顔をして自分の非を許してもらう算段だが、そんなもの真琴には通用しない。なぜなら、ふたりは五歳《さい》のころからの幼なじみで、所謂《いわゆる》『腐《くさ》れ縁《えん》』というやつだからだ。

「お前、俺を餓死《がし》させるつもりか！」

「やだなー、餓死なんて大げさだよ。ほら、あれだよ。真琴のお母さんが作るお弁当、とっても美味《おい》しいから」

「美味《うま》けりゃ、人のものまで食うのかよっ！　チビのくせして、食い意地だけは一人前だな!!」

「く、食い意地ですって？　食い意地張ってるのは、わたしが隠してたクッキーを盗《ぬす》み食《ぐ》いした真琴でしょっ!?」

「うるさいっ。だいたい、ロッカーの扉を開けたらすぐに見つかるような場所に置いておいて『隠してた』なんて、ちゃんちゃらおかしいぜ。ロッカーに鍵《かぎ》もかけずにしまっておいたお前が悪いんだ!!　このアホ探偵っ」

「ぐぬぬっ、そんな言い方しなくてもいいでしょ。っていうか、わたし、アホじゃないもんっ。ちゃんとロッカーの奥に隠したもんっ。真琴がめざといだけでしょ。そっちこそ、食い意地が張ってるんじゃない？　まさか、真琴がわたしの大好物を盗むなんて思わなかったからね！　あーあ、見損なったよっ」

ぷいっと探偵少女・実月はそっぽを向いた。そのふてぶてしい態度に、真琴もそっぽを向く。

「見損なったのは俺の方だっ」

いつの間にやら、部屋の空気は一転して、幼なじみ同士の口喧嘩《くちげんか》が始まった。ふたりがちょっとしたことで喧嘩するのは今に始まったことではない。喧嘩するほど仲がいい、というのはこのふたりのためにある言葉みたいなもので、みんなすっかり見慣れてしまった。

「どっちもどっち……」

すこし眠たげなトーンで、そうつぶやいたのは物静かな少女こと、三条《さんじょう》マナ。

そんなマナの隣《となり》で、「だよねー、アホくさっ」とあきれ顔で頷《うなず》くのは、吊り目の少女こと、都築香澄。

ただひとり、真琴と実月の口喧嘩にオロオロしているのは、純朴な少女こと、古谷彩音。

真琴と実月を含めた彼ら五人は、とある中学校の『探偵部』という、何やら奇妙《きみょう》な部活に所属している、部活仲間である。ちなみに彼らは中学二年生である。

『探偵部』とは、建前上、古今東西の『探偵小説』の研究をする部活動という、まあそれ自体は文芸部の端《はし》くれのような部活なのだが、その実態《じったい》は（自称）部長の実月の趣味《しゅみ》と嗜好《しこう》に合わせて、学内で起きる様々な事件を知恵と勇気で推理し解決するという、おかしなものだった。

そして、現在五人が集まる部屋は、『探偵部』に与えられた部室である。すでに下校時刻が迫《せま》ろうとしているにもかかわらず、彼らがここにたむろしているのには理由があった。

そう……事件が起きたのだ。

事件の発生は、放課後。いつも通り部室に集まったものの、特にすることもなく、真琴たちはだべったり本を読んだりして時間をつぶしていた。その時、耳をつんざくような実月の悲鳴が響《ひび》き渡《わた》った。

「事件だよ、事件っ!! ロッカーに隠しておいた、わたしのおやつがないのっ!!」

実月が放課後の楽しみのため隠しておいたクッキーが、忽然《こつぜん》と姿を消したのだ。これは、盗難《とうなん》事件だ！ と、『名探偵』にあこがれ、探偵部を設立した彼女の『探偵脳』がすぐさま推理を始めた。

部室はいつも施錠《せじょう》している。部室の鍵は、部員である五人と顧問《こもん》の酒匂《さかわ》先生がそれぞれ所持している。そのため、外部の犯行の可能性は真っ先に除外された。つまり犯人は実月以外の五人の中の誰かということになるのだが、酒匂先生は事件当時、職員会議に出ていたし、教師という立場なら見つけたら何か言ってくるはずだ。なので、必然的に除外され、容疑者は真琴、香澄、マナ、彩音の四人となった。

そうして、「犯人はこの中にいる!」というおなじみの探偵のキメ台詞で、実月の推理ショーが始まったのである。

知っての通り、犯人は実月によって昼食を奪《うば》われた真琴で、ふたりが喧嘩を始めるのも無理はない。推理ショーは一転、幼なじみ同士の口喧嘩ショーに早変わり。お互いの主張を曲げたくないふたりは、下校時刻までにらみ合いを続けた。

「マナ、彩音。そろそろ帰ろっか」

蚊帳《かや》の外で、ぼんやり口喧嘩ショーを眺《なが》めていた香澄が、ふうっ、とため息をつくと唐突《とうとつ》に言った。すぐさま、マナが頷き、パイプ椅子から腰を上げる。そんなふたりのある意味素《そ》っ気《け》ない態度に、人一倍大人しく優しい彩音だけが、きょときょとする。

「えっ、え?　でも、おふたりを止めなくていいんですか?」

「どうせ喧嘩しても、明日になればふたりともけろっとしてるんだから。ああやってても実は仲いいんだよね、あのふたり。ったく、まともに付き合うのはバカらしいわよ。ほら、彩音も一緒に帰ろ？」

喧嘩するふたりと、香澄たちの方を交互《こうご》に見遣《みや》る彩音に、香澄は彼女の学生鞄《かばん》を手渡した。

と、その時である。実月と喧嘩真っ最中の真琴の口から意外な言葉が漏《も》れ聞《き》こえたのは。

「っていうか、俺は二、三個しか食ってないぞ。俺がクッキーの缶を見つけたときには、そんだけしか残ってなかったからな」

ギクリ。

香澄の足が止まる。ついでのように、マナの足も止まる。

「どーしたんですか、おふたりとも？」

彩音は不自然な香澄とマナの挙動に、小首をかしげた。

「やー、ナンデモナイヨ」

その声を、探偵の地獄耳《じごくみみ》が聞《き》き逃《のが》すはずもない。

「ちょっと待って、カスミン、マナ……どうして逃げるのかな？」

実月の標的が、真琴から香澄たちへと変わる。

思い出してほしい。真琴が自分の罪から逃れるために言い放った『都築香澄犯人説』は、一見、マナによってアリバイが立証されたように見えたが、実はまったく立証などされていなかったことを。気になるなら、読み返してみたまえ！

「いやー、それはねぇ」

さっきまでとは打って変わって、香澄が狼狽している。

「ど・う・い・う・こ・と・か・な？」

「やーん、実月っち、目が据《す》わってるー、こわーい！　真琴、助けてー」

ほとんど棒読みで、香澄は真琴に助けを求めたが、真琴は無言でそっぽを向く。

「白状したまえ、この、真犯人っ!!」

「そんな怖い顔しないでよー。だってー、ロッカーに美味しそうなクッキーがあったから、マナと一緒に少しだけつまみ食いしようと思ったの。『つい』なのよ、悪気はなかったのよー」

「で、ふたりで共謀《きょうぼう》して、真琴にすべての罪を着せたって寸法なんだね？　真琴がクッキーの缶を見つけやすいように、わざわざロッカーの見える位置に移して」

実月は背が低いため、香澄を見上げるような格好《かっこう》になるが、それでも実月の眼には言い知れぬ迫力《はくりょく》があった。

「よっ、名推理……」

蛇《へび》ににらまれたカエル状態の香澄に代わって、もうひとりの犯人であるマナが無表情のまま囃《はや》す。当然、それは火に油を注ぐだけだ。

「茶化すなー!! 昨日、買ったばっかりだったのにっ。駅前の輸入雑貨店にしか売ってないんだよっ、四百円もするんだよっ、まだ封《ふう》も切ってなかったのにーっ!」

実月は悔《くや》し涙《なみだ》をこらえて、激《はげ》しく地団駄《じだんだ》を踏《ふ》んだ。

「で、でも。あたしたちがあんたのクッキー見つけた時にはもう開封されてたし、半分くらいなくなってたわよ。ねっ、マナ」

「うん。開いてた……」

同意を求める香澄に、マナがコクコクと頷く。意外な展開に、再び実月は驚いてしまう。

無論、真琴も。

そうなると、再び全員の視線は、彩音へと集中することになる。消去法の論理で残った容疑者は、彩音しかいない。彩音の性格からいって、悪さや悪戯《いたずら》をするような子ではないのだが、それでもあえて、

「古谷、まさかお前が真・真犯人だったとはな」

感動までのあと5分!

＼2冊同時!／

2月創刊

たちまちクライマックス!

恋と友情の極上ショートストーリーズ!

きっと何度も何度も恋に落ちる『あなたを好きになった瞬間《とき》』

好きになっちゃう相手は誰?
意地悪な男友達、
冷たい幼なじみ、部活の先輩…!?
通学電車や偶然の出会いから始まる、
読み返したくなるドキドキ学園LOVE♪

「ヤギとわたし」南潔／「止まれ、止まれ、すすめ!」菜つは／「約束の朝」霜月りつ／「雨の日に、傘はいらない」櫻いいよ／「夜の人魚」霜月りつ／「チョコレートなんて絶対食べない!」朝比奈歩／「恋愛リクエスト」南潔／「五分後の景色」櫻いいよ／「満月のラジオ」一色美雨季／「こっそり接近大作戦」菜つは

◀カバーイラスト:中村ひなた　口絵:24

きっと何度も何度も胸があつくなる『キミに会えてよかった』

秘密の話を打ち明けあったり、
ケンカしたり、手紙交換をしたり…。
誰かと一緒って、すごく楽しい!
何度も友情を確かめたくなる
感動ストーリー!

「ふたりぐみ」南潔／「テディベアは呪わない」一色美雨季／「ばいばい、またいつか」櫻いいよ／「ジンクス」菜つは／「半透明のフレンド」櫻いいよ／「いつだって真実ってヤツは」雪宮鉄馬／「ニセモノの制服」朝比奈歩／「放課後ドロップクッキー」一色美雨季／「内緒の文通友達」南潔

カバーイラスト＆口絵:けーしん▶

定価本体:各1000円(税別)

3月創刊!(予告)

チョコみたいに甘くてビターな恋のStories

文庫新レーベル

ポケット・ショコラ
POCKET CHOCOLAT

王子様は、
好きになってはいけないひと!?
あこがれ度100%の
初恋ストーリー

『制服ジュリエット』

麻井深雪　作／池田春香　絵

お嬢様《じょうさま》学校と名高い光丘《ひかりおか》学園に通う高二のすみれは、教師をしている父親に「陸《りく》南《なん》工業高校の生徒には近づくな」と言われていた。でもある日、自転車を直してくれた男の子に恋をする。彼の名は桐谷拓《きりやたく》。陸南に通うアブナイ人――？　胸《むね》キュン必至《ひっし》、すみれの恋がはじまる!

『噂のあいつは家庭科部!』

市宮早記　作／立樹まや　絵

真面目《まじめ》にやっているのに恐ろしいほど不器用なさやかは、家庭科部のおしつけられ部長。春、カッコイイと噂の1年生男子・内海《うつみ》がワケあって入部し、二人だけの部活動が始まったが――。さやかのひたむきさに次第に心が動いていく内海。ドキドキが止まらないピュアラブストーリー!

生意気イケメン新入生に
たじたじの不器用部長!?
応援したくなる
とびっきりのかわいい恋♡

と、真琴は重苦しいため息をつく。

「やー、あたしは最初から彩音が怪しいと思ってたのよ」

「思ってた」

と、香澄とマナが同調するのは、とどのつまり、三人が責めから逃れたいからだった。

一方、実月は真琴にそうしたように、そっと彩音の肩に手を置き、やさしく諭すように語りかけた。

「彩音ちゃん。どうしてこんなことを？　いや……言い訳なら聞きたくはない。来たまえ、真・真犯人。君にはお財布で償《つぐな》ってもらう」

ぎゅっと強く右の腕《うで》をつかむと、実月は彩音を引っ張った。もはやその姿には、実月のあこがれる冷静沈着《ちんちゃく》な名探偵の様相などどこにもない。自ら、彩音が大豆アレルギーであり、大豆製のクッキーを食べることができないと立証したことも忘れている。

それだけ食べ物の恨《うら》みは深いということなのだ。

「えっ、ええーっ。ちょっ、ちょっと待ってください、ホントにわたし犯人じゃありませーん!!」

ずるずると引きずられて部室を後にする彩音は、悲鳴とも泣き声ともつかない声で叫《さけ》んだ。だが、その声は空《むな》しく学校の廊下《ろうか》に消えていった。


その頃。コーヒーの香《かお》りが漂《ただよ》う職員室。

実月と真琴が在籍《ざいせき》する二年一組の担任でもあり、『探偵部』の顧問を務める酒匂杏子《きょうこ》は、長い職員会議を終えて、自前のコーヒーカップを片手にひと息ついているところだった。

「おや、酒匂先生。美味しそうなもの、持ってるじゃありませんか」

唐突に声をかけてきたのは、杏子の向かいに座る同僚《どうりょう》の桜井《さくらい》だった。彼が指差しているのは、杏子のデスクに広げられたハンカチ。いや、そのハンカチにくるまれた、十個ばかりのクッキーだった。

「あ、これですか？　お昼に『探偵部』の部室で見つけたんです。缶にお名前が書いてなかったので、失敬しちゃいました」

てへっ、と少女のように杏子は笑った。

「ええっ!?　それ、生徒が持ってきたものじゃないんですか？　勝手にもらっちゃまずいでしょう、酒匂先生！」

「神聖な学《まな》び舎《や》にお菓子《かし》を持ってきてる、あの子たちが悪いんですよ。天罰《てんばつ》です」

悪びれる様子もないどころか自らの正当性を主張する彼女は、その頃『探偵部』の部員たちが消えたクッキーでモメていることなど知る由《よし》もない。

「あ、桜井先生もおひとつどうぞー、とっても美味しいんですよ」

杏子はそう言うと、デスクから身を乗り出した。そして、桜井に有無を言わさず、他の同僚たちの衆目《しゅうもく》も気にせず、その口にクッキーを押《お》し込《こ》んだ。

「これで、桜井先生も共犯ですね」

天使のような微笑みとともに、悪魔《あくま》のようなことをサラリと口にする。

酒匂杏子、ある時は二十八歳独身女性、またある時は生徒に慕《した》われるおっとりした美人教諭《きょうゆ》。だが、真の姿は、普段は周到《しゅうとう》な言動なのに、時に悪気のない天然ボケを繰《く》り出《だ》し、周りを巻き込む『怪人《かいじん》』である。

真の犯人……それは酒匂杏子であることを、実月たちは知らない。

真琴が盗み食いするよりも前、香澄とマナが計画的共犯に及ぶよりも前、彩音がクッキーを発見するよりもさらに前、実月の大好物である『大豆のクッキー』は『怪人』によって、半分近く没収《ぼっしゅう》されていたのだ。

だが、その真実を知らない実月の怒りは収まらず、真琴、香澄、マナ、そして無実の罪を着せられた彩音は、それぞれ百円ずつ出し合って、四百円の『大豆のクッキー』を弁償《べんしょう》する羽目になってしまった。


いつだって、真実ってヤツは……。

＊＊

後日、事件の真実はあっけなく白日の下にさらされた。

事件のあらましを、実月が酒匂先生に得意げに語って聞かせると、

「あ、その犯人でしたら、私ですよ」

と酒匂先生自ら真の犯人であることを、暴露《ばくろ》してしまったのである。

そうして、『探偵部』の部員たちはお詫《わ》びに、酒匂先生からジュースをおごってもらうことになったのだが、それはまた別のお話。

ニセモノの制服

朝比奈《あさひな》歩《あゆむ》

同じ志望校の友達と、お守りを交換《こうかん》すると合格する。ただし、交換していいのは一人だけ——。

そんなジンクスが、私立中学を受験する私たちの間にはある。ジンクスはジンクスだから、本気で信じている子なんていないけれど、あやかりたいなって気持ちはやっぱりある。でも、同じ志望校の子とお守り交換って、簡単《かんたん》そうでけっこう難《むずか》しい。交換できるのは一人だけだから仲《なか》のよい子がいいし、もしどちらかが落ちてしまっても、険悪《けんあく》にならずに友情が続くような相手じゃないと駄目《だめ》。

そんな相手と交換できるなら、そりゃ当然合格するだろうなって、私は思うんだ。

ああ、だけど……やっぱり憧《あこが》れちゃう。私も誰《だれ》かと交換したい。

お守りは、私の暮《く》らす区《く》で有名な五角神社《いつかど》で授《さず》かる予定。五角神社の読み方は「いつかど」なんだけど、みんな「ごかく」って読み間違《まちが》える。それが転じて「ごうかく」、「合格」神社って呼《よ》ばれるようになって、ゲン担《かつ》ぎでお守りを授かりにいく受験生が増えた。

でも、お守りを交換できるような相手は今のところいない。

残念だなって、塾《じゅく》帰りの私は溜《た》め息《いき》をつきながら、電車の窓《まど》の外を流れる夜景を眺《なが》める。

まだ暑いのに、九月に入ってから日が落ちるのが早くなった。

小六の私にとって、夜の混雑《こんざつ》してきた電車に乗るのはもう慣れたもので、はじめの頃《ころ》のように戸惑《とまど》ったり、うまく乗れなかったりっていうのはない。だけど、この時間はちらほらと酔《よ》っ払《ぱら》いのオジサンが乗ってきたりして、嫌《いや》だなぁって思っちゃう。とくになにかされたことはないけれど、においは不快だし、たまに大声を上げたりするから怖《こわ》い。

吊革《つりかわ》を握《にぎ》り、帰る方角が同じ塾の子がいたらいいのになって考えていたら、背後に立っている男の人がゴソゴソと動きだした。鞄《かばん》がスカートに当たっているって思っていたら、手が腰《こし》のあたりを撫《な》でている。

痴漢《ちかん》だ！

体を横にずらしても、手は追いかけてくる。

やだ、怖い。

こんなことは初めてで、私はどうしていいかわからなかった。「やめてください！」って声を上げればいいんだろうけれど、口をぱくぱくするだけで言葉がでてこない。もしかしたら間違いかもしれないし、間違いじゃなくても相手が怒《おこ》ってなにかしてくるかもしれない。もう怖くて、後ろを振り返ることだってできない。

誰か……誰か、気づいて助けてくれないかな？

混んでいても、動けないってほどではない車内。思わずあたりを見回すけれど、みんなスマホや誰かと話すのに夢中だったり、座って寝ていたり。

こんなにたくさんの大人《おとな》がいるのに、誰も私の異変に気づいていない。

どうしよう。どうしよう。怖いよ……！

私が身動きできずに固まっていたときだった。

「あの、やめてあげてください！　痴漢ですよね！」

凛《りん》とした、張りのある声が車内に響《ひび》いた。周りの空気が変わり、声のしたほうに視線《しせん》が集まる。私をさわっていた手も引っこんでいた。

そのとき、ちょうど駅に着いて、痴漢らしき男がすごい勢いで降《お》りていく。

恐《おそ》るおそる視線を上げると、長い黒髪《くろかみ》をたらしたきれいな女の子が、ドアの方をにらみつけていた。きりりとした目元がさわやかで、なんてカッコいいんだろう。私は彼女の姿《すがた》に目を奪《うば》われた。

その後すぐ、彼女がベージュのブレザーに赤いリボン、濃紺《のうこん》のチェックのスカートという憧れの志望校、白楊女子《はくようじょし》中学の制服を着ているのに気づいて興奮《こうふん》した。痴漢にあった恐《きょう》怖《ふ》なんてどこかへ吹《ふ》き飛《と》んでしまったほど。

しばらくして、彼女がほっとしたように胸《むね》を押《お》さえて溜め息をついた。

「大丈夫《だいじょうぶ》だった？」

私はうんとうなずく。本当は彼女も怖かったんだって、教えてくれた。追いかける勇気がなくてごめんねって謝《あやま》られたけど、助けてくれただけで十分だし、すごい勇気があるって思う。

私は何度も何度も彼女に「ありがとうございます」って言ってから、恐るおそる「白楊女子の方なんですか？」って聞いた。

「そうだよ」って返答に私は目を輝《かがや》かせ、勢いこんで話しかけてしまう。今、受験生で、白楊女子が第一志望校ですごく憧れていることとか、制服が可愛《かわい》いのもたまらないとか。

一方的にまくしたてる私に、彼女はちょっと驚《おどろ》いたような笑顔で相手をしてくれた。

そのうち彼女も打ちとけたのか、白楊女子の話を少ししてくれた。でも、すぐに私が降りる駅に着いてしまって、その日はそれでお別れだった。お互《たが》いに名前も知らないまま。

これっきりなのかなって、私はちょっとだけ寂《さび》しく思ったんだけど、次の週の火曜日。塾の最寄り駅で彼女を見つけた。今度は私から、勇気をだして声をかけた。

私が塾帰りなんだって言うと、彼女も同じで、英語の個別指導塾に通っているって教えてくれた。

ここで初めて、私たちは自己紹介《じこしょうかい》をした。彼女は谷崎紗英《たにざきさえ》といい、一歳《さい》年上だった。私が佐々木美緒《ささきみお》って名乗ると、美緒ちゃんって呼んでいいかなって聞かれた。もちろんOK《オーケー》で、それから私も紗英ちゃんって呼ぶようになった。

電車に乗って、いろいろ話すうちに二人の塾が重なる曜日が火曜日ってわかって、それじゃあ一緒に帰ろうかって約束するまで、あっという間だった。

なんでだろう。よくわからないけど、私たち二人は気が合った。共通する趣味《しゅみ》があったとかそういうんじゃないのに、一緒にいるといろんな話がつきなかった。

白楊女子のことだけでなく、どうでもいいような話題——たとえば天気の話でも、テンポが合うっていうのかな。まるで、ずっと昔からの友達みたい。

紗英ちゃんが年上だなんて関係ないぐらい、私は一緒にいるだけで楽しい気分になれた。それは紗英ちゃんも同じだったらしい。

その日から毎週、火曜日の夜が待ち遠しくなった。

私より少し早く塾が終わる紗英ちゃんは、駅の改札あたりで待っている。すらりとした長身で、姿勢《しせい》がよくて、そんな彼女と友達なんだって思うだけで、私はなんだか誇《ほこ》らしい気持ちになる。

あるとき、彼女が改札のところで迷っているおばあさんに道を案内していたことがあった。また別の日には、同じ塾帰りらしき子が小銭《こぜに》をばらまいてしまったのを、一緒《いっしょ》に拾っていたりした。電車の中でも、足の悪い人や具合の悪そうな人に席を譲《ゆず》ったり、そういう親切を自然にやっている。私を痴漢から助けてくれたときと同じように。

私なんて、席を譲ったり誰かを助けたいって思っても、なかなかその勇気がでない。どうやって声をかければいいかってところで悩《なや》んでしまって、余計《よけい》なお世話かも……なんて考えて、結局なんにもできないのに、紗英ちゃんはそれを当たり前のようにやってしまう。

すごいなって、私も彼女みたいになりたいなって憧れた。白楊女子に入学できたら、彼女が先輩《せんぱい》になるんだって想像しただけで、うきうきしてしまうぐらい私は紗英ちゃんが好きで尊敬《そんけい》するようになっていた。

だから、電車で紗英ちゃんと話していると、別れるのがつらかった。もっともっと話していたい。私の降りる駅が、紗英ちゃんと同じ駅だったらいいのにって思う。せめてLINE《ライン》でお話しできないかなって思ったら、紗英ちゃんはスマホを持っていないと言った。

私は塾が夜遅《おそ》くなるからって、親が持たせてくれたけど、まだ小学校でも半分ぐらいの子しかスマホを持っていない。

持たせてもらっていても、いろいろ制限があって、私も自由に友達とやりとりできるわけじゃない。けれど、相手が白楊女子の生徒で、誰にでも親切で素敵《すてき》な紗英ちゃんなら親も許してくれると思ったのに、残念だ。

「今度、白楊女子の文化祭あるよね。紗英ちゃんのクラスも、なにかだし物とかするの？」

十一月も半《なか》ばに差しかかった頃。電車で並《なら》んで座《すわ》った紗英ちゃんに、ふと思いだして話を振《ふ》った。

「う、うん……するよ。だし物」

「どんなことするの？」

なぜだろう。困《こま》ったように、紗英ちゃんの視線が泳いでいる。

聞いちゃいけないことだったのかな？　当日まで秘密《ひみつ》とか。

「ごめん。言えないならいいんだけど」

「ううん、そんなことない。大丈夫だから……えっとね、謎解《なぞと》き迷路《めいろ》やるんだ」

「え、手作りの？　すごいね！」

「そうなの。今は、その準備で放課後やお休みの日はいそがしいんだ」

塾の日は参加できないけどと、紗英ちゃんは苦笑し、どんな準備をしているのか教えてくれた。もちろん謎のヒントは秘密だけど。さっき困った顔をしたのは、これが秘密だったからなのかも。

「白楊女子はね、けっこう自由なの。先生があんまり口出ししないから、文化祭は自分たちでいろいろ決められて楽しいのよ。そのぶん大変なこともあるけどね」

「そうなんだ。なんだか大人っぽくていいな〜。紗英ちゃんは、やっぱりみんなのリーダーって感じなの？　すごいカッコいいもんね！」

「え……私はそんな……」

紗英ちゃんの表情がちょっとだけ硬《かた》くなる。どうしたんだろうと思って首を傾《かし》げると、ちょうど私が降りる駅に着いてしまった。

「あ、じゃあまたね！」

「うん。バイバイ」

ぎこちない感じの紗英ちゃんが気になりつつも、私はあわてて電車を降りた。

変なこと言っちゃったかなって思ったけれど、紗英ちゃんならきっとクラスの中心人物に自然となっているはずだ。

本人にそんなつもりがなくても、彼女にはそういうオーラみたいなものがある。外で親切にするように、クラスメイトにも気配りしてちゃんとまとめあげ、痴漢を撃退《げきたい》したように、自分の意見もきちんと言ってるんだろうなって思うんだ。

紗英ちゃんと一緒に帰った日は、駅のホームを歩く足取りもなんだか軽くなる。

「そうだ。紗英ちゃんにお守り預かってもらえないかな？」

ジンクスでは〝同じ志望校の子と交換〟だけど、前に、交換する相手がいなくて、自分の志望校に通う姉に、お守りを預かってもらって合格したって子の話を聞いたことがある。

だから別に、交換じゃなくてもいいんじゃないかな。志望校に受かっている先輩に預かってもらうほうが、なんだか効き目《きめ》もありそうな気がする。

なにより、私がそうしたいなって思った。

だから次の週、紗英ちゃんと電車に乗ってすぐ、ジンクスの話とその独自解釈《どくじかいしゃく》の話をして、週末に両親と行ってきたばかりの五角神社で授かったお守りを差しだした。

「お願い！　これ、受け取ってもらえないかな？」

拝《おが》むように頭を下げる私に、紗英ちゃんはあきらかに戸惑っていた。

「え……でも、私じゃ……それに、白楊女子を受験する友達が他にいるんじゃなかった？」

「うーん、まあ同級生にいるんだけどね……」

前に同じ学年に二人、白楊女子を受験する子がいるって話をしていた。

「でも、その二人って幼馴染《おさなな》《じ》みなんだよね。私は、高学年でクラスが同じになってからの友達なんだ。だから、その二人は、その子たちでお守り交換したいと思うんだよね」

しかも二人ともいい子で、私に気をつかっているフシがある。私が邪魔《じゃま》しているみたいで、気まずいのだ。

それを紗英ちゃんに話し、もう一度お守りを差しだす。

「だからお願い！　私には紗英ちゃんしかいないんだ！」

「……それなら、仕方ないけど。効力《こうりょく》ないかもよ？」

「いいの、いいの、大丈夫だよ！　紗英ちゃんに預かってもらったら、絶対受かる気がする！　もし落ちちゃっても、自分のせいだし！　うらんだりなんてしないよ！　私、紗英ちゃんに出会えただけでもラッキーだって思ってるし」

心の底からそう思って言うと、紗英ちゃんはなぜか今にも泣きだしそうな表情でお守りを受け取った。

けれど、それは一瞬《いっしゅん》のこと。すぐに、いつもの彼女の優《やさ》しい微笑《ほほえ》みに戻《もど》っていた。

それからまた雑談をして、私の降りる駅に着いた。

「あ、そうだ！　週末、文化祭だよね。遊びにいくから！」

電車を降り、ホームで振り返りながら紗英ちゃんに手を振ってそう言う。

「ちょっと、待って。私、当日いそがしいから、案内とかできないかも」

閉まりかけるドア越《ご》しに、紗英ちゃんが困った表情を浮《う》かべる。

「案内は大丈夫！　絶対行くから！」

紗英ちゃんがなにか言いかけたけど、ドアは閉まってしまった。少し気になったものの、私は大きく手を振って彼女を見送った。


「え？　ないって、どういうことですか？」

志望する二人の友達と白楊女子の文化祭に来た私は、案内係の生徒に詰《つ》め寄《よ》っていた。

「私、聞いたんです。ここの生徒の友達に。謎解き迷路やるって」

「そう言われても……今年はそれを申請《しんせい》しているクラスはありません。聞き間違えたんじゃないですか？」

その子は困ったように眉根《まゆね》を寄せる。一緒に来た二人は、不安そうにこちらを見ている。

「大丈夫、美緒ちゃん？」

「ねえ、その子……ほんとにここの生徒なの？」

二人は、私が紗英ちゃんにだまされたんじゃないかって心配している。

昨日、私が紗英ちゃんの話をして、お守りを預かってもらったって言ったらすごく喜んでくれたのに、これじゃあ前より気をつかわせてしまう。

「ごめん、二人とも……ちょっと一人になって考えたいからさ、今日はもう二人で見てきてくれないかな？」

こんな気持ちで一緒にいるのはつらいし、もう文化祭を楽しむ気分にはなれない。

二人ともそんな私の気持ちを察してくれたみたいで、なにかあったらすぐに連絡してねって言い残して、校内を回りにいった。

さて、どうしよう。

私は腕《うで》を組んで考える。係の生徒は、仁王立《におうだ》ちする私にちょっと困り顔だ。

嘘《うそ》をついた紗英ちゃんに腹が立った。でも、なんで？

そんなことをする意味がわからないし、なにか理由があるなら知りたい。紗英ちゃんが嘘をつくなんてよっぽどのことに違いないと考えたら、今度は心配になってきた。

それにいつも、白楊女子の制服をたしかに着ていた。あれがニセモノだとは思えない。

とにかく、紗英ちゃんに会って話してみないことには始まらない。

いつもだったら、こんなことになったら物怖《ものお》じして、面倒《めんどう》だからもういいやって思う私だけど、紗英ちゃんのことだけはあきらめたくなかった。

でも、どうやって探そう……。

そのときふと、案内所の看板《かんばん》に書かれた『困ったことがあったら案内所まで。迷子《まいご》や呼び出しもコチラ』という文字が目に飛びこんできた。

「そうなんだ、紗英……美緒ちゃんと友達になってたんだ」

私と紗英ちゃんとの出会いを話し終えると、理沙《りさ》さんが寂しそうに笑った。

理沙さんは白楊女子の中学三年生で、なんと、紗英ちゃんのお姉さんだった。さっき、私が頼《たの》んだ紗英ちゃんの呼び出しを聞いて、妹のことだと驚いて、案内所に走ってやってきてくれたんだ。

今、私たちは電車に揺《ゆ》られて、紗英ちゃんの家に向かっている。理沙さんに、妹に会ってほしいって言われたからだ。

「紗英は、本当は美緒ちゃんと同い年なんだよ。でも、去年、イジメにあって不登校になって、今は引きこもっているの」

案内所に理沙さんが来たときから、なんとなく不穏《ふおん》なものを感じていた。でも、改めて言葉にして聞かされると、なんて返せばいいのかわからなくて胸が苦しくなった。

「でもね、去年の文化祭に、私のお古《ふる》の制服を着せて連れだしたんだ。先生にバレないかドキドキしたけど、ちょっとだけね。それで紗英に、制服を着ていれば、白楊の生徒にしか見えない。いつもの紗英とは違うよって、きっと誰にもわかんないよって言ったの」

嫌々《いやいや》ながらも連れだされた紗英ちゃんは、文化祭に来ていた同じ学校の同級生の子に会ったそうだ。でも、理沙さんの言うとおり、相手は紗英ちゃんだって気づかなかった。

それで紗英ちゃんは、白楊の制服を着ていれば大丈夫って自信を持ったんだって、理沙さんは続けた。

そのときの理沙さんのクラスのだし物が謎解き迷路で、紗英ちゃんも参加したらしい。とても楽しかったみたいで、「私も白楊女子に入りたい」って言ったんだって。

「それから、制服を着てなら個別指導の塾に通えるようになったんだけど、制服がないと外出できなくなっちゃって。そんなときに、美緒ちゃんに会ってたんだね」

話しているうちに、電車は紗英ちゃんの家の最寄り駅に着いた。私の住んでいる区と同じ区にある駅で、そこから少し歩いたところに紗英ちゃんの家はあった。

理沙さんの案内で家にお邪魔し、二階に上がった。そこに紗英ちゃんがいるらしい。

可愛い名前プレートの下がったドアを、理沙さんが叩《たた》く。中からか細い紗英ちゃんの声がして、ドアが開いた。

「えっ……美緒ちゃん……」

私を見た紗英ちゃんが、真っ青な顔で固まる。

いつもの彼女とはまるで違う、生気《せいき》のない表情に、私も言葉を失ってしまう。そのとき、紗英ちゃんの背後にある机に、私が渡した五角神社のお守りが載《の》っているのが見えた。

その視線に気づいた紗英ちゃんの表情が、一瞬《いっしゅん》にして険《けわ》しくなった。彼女は、さっと部屋の中に引き返すと、お守りを持って戻ってきて言った。

「これ持って帰って！　私じゃジンクスの意味なんてないから！」

紗英ちゃんは乱暴《らんぼう》にお守りを押しつけると、止める間もなくドアをバタンッと閉めて、カギをかけてしまった。

それからは、どんなに声をかけても返事はなく、私は理沙さんに謝られながら駅まで送ってもらった。

「そのお守り……五角神社のでしょ？　紗英の小学校の隣《となり》にあるんだよ、あの神社」

駅のホームで電車を待っていると、理沙さんが溜め息をつくようにこぼした。私は握りしめたままだったお守りを見下ろし、呆然《ぼうぜん》とする。

「あのジンクスは有名だよね。紗英も実は、ウチの中学に行くって決めてから、ずっとお守りがほしいって言ってて」

「えっ、そうなんですね」

びっくりした。紗英ちゃんもジンクス知ってたんだ。前に話したときはそんなこと、言ってなかったのに。戸惑う私に、理沙さんはさらに続けた。

「でも、紗英、小学校までの道のりが一番駄目なの。気持ち悪くなっちゃうんだって。それなのに、私が五角神社のお守りをもらってきてあげるって言うと、いらないって言うんだ。自分でもらいに行きたいみたい」

胸がぎゅっとしぼられるように痛《いた》くなった。

もしかしたら、私は紗英ちゃんを追いつめちゃったんじゃないだろうか。

悪気はなかったけれど、考えなしにお守りを押しつけて、ジンクスだなんてはしゃいで。

紗英ちゃんは、どんな気持ちでこのお守りを受け取ったんだろう。

「ごめんね、こんな話して……でも、美緒ちゃんが紗英の友達になってくれて、よかった。今日美緒ちゃんに会えて、すごく嬉しかった」

涙ぐむ理沙さんに見送られて電車に乗った私は、どうしたら紗英ちゃんとこのまま終わらないで友達でいられるのか、ずっとずっと考えていた。

塾が終わった火曜日の夜。駅で白い息を吐《は》きながら紗英ちゃんの姿を捜《さが》すけれど、今日もいない。週一回しか会えないのに、先週も見つけられなかった。

絶対に見つけて、話がしたいのに。くじけそうな気持ちを奮《ふる》い立たせ、下を向いてしまいそうな顔を上げる。

ちゃんと前を向いていないと、紗英ちゃんを見逃《みのが》してしまうかもしれない。だから、私は、紗英ちゃんみたいに背筋《せすじ》を伸《の》ばしてあたりを見回した。

寒いけど、もう一本だけ待ってみようかな。

あれから、私は少しでも紗英ちゃんの気持ちを理解したいと思って、彼女の真似《まね》をしてみた。電車で困っている人がいたら自分から声をかけてみたり、席を譲ったりした。すごく緊張《きんちょう》したし、勇気がいった。やってしまえばなんてことないのに、知らない人に「大丈夫ですか?」「席どうぞ」の一言を口にするまでが、あんなに大変だなんて。

何度も言葉がつっかえたし、舌《した》を噛んでしまったこともあった。それを自然にできる紗英ちゃんは、今までどれだけのたくさんの人に親切にしてきたんだろう。

やっぱり紗英ちゃんはすごい。憧れる。前よりもっと好きになったし、会いたかった。

会って、紗英ちゃんがどんなにすごいことをしていたか教えたい。

どうしてイジメられたのか知らないけれど、紗英ちゃんが引きこもることなんてないんだよ、紗英ちゃんは誰よりも立派《りっぱ》だよって言いたかった。

「会いたいよ……紗英ちゃん……やっと火曜日なのに」

私は泣きそうになりながら、そうつぶやいた。

このまま終わるのは嫌だ。でも、どうすれば彼女に会えるのかわからない。家に押しかけて、追いつめたくはない。

こみあげてくる涙《なみだ》に、鞄の中をあさってハンカチを探す。寒いけれど、妙《みょう》に顔だけ火照《ほて》っていた。今朝から、頭が熱くてふわふわしている。こんなに悩んだのは生まれて初めてだから、頭がパンクしたのかもしれない。

手がすべって、鞄からハンカチと一緒にスマホがホームに落ちた。あわてて拾いあげ、壊《こわ》れていないかたしかめる。開きっぱなしだったネットの検索《けんさく》ページが表示されていた。

『引きこもりの友達　会いたい』

この間からずっと検索している内容だ。何度も、少しずつ単語を変えながら、同じことばかり毎日検索しているけれど、答えは見つからなかった。

でも、今日こそは――。私は検索ボタンをタップして、スマホの画面を見つめたまま、ふらふらとホームを歩いた。周りなんて見えていなかった。

電車が入ってくるというアナウンスが聞こえ、ホームに早足で駆《か》けこんできた人が肩《かた》にぶつかる。いつもだったら踏《ふ》ん張《ば》れるのに、今日は力が入らなくて、足元がふらついて、そのまま線路に体が飛びだしそうになった。

「危《あぶ》ない！　なにやってるの！」

怒ったような大きな声がして、腕をぐんっと強く引かれた。よろよろしていた私は、倒《たお》れるように後ろに引っぱられ、尻《しり》もちをついてしまう。

「歩きスマホなんて危険《きけん》でしょ！　美緒ちゃんのバカッ！」

声のほうを見上げると、一緒にホームに尻もちをついた、制服の上にコートを着た紗英ちゃんが、怖い顔をして私の腕をつかんでいる。

その目には涙が盛《も》り上《あ》がっていて、本気で心配して助けてくれたんだってわかった。

もうそれだけで、私はたまらない気持ちになって、紗英ちゃんに抱《だ》きついていた。

「紗英ちゃんだぁ〜。会いたかったよおぉ！」

嬉《うれ》しくて嬉しくて、涙がでてきた。ぎゅっとしがみついて、絶対に離《はな》れるもんかって思った。けれど、熱で頭がぼうっとしていた私は、そこで倒れてしまった。


ハッと気づいたのは、翌日の朝。自分のベッドでだった。

朝食を持ってきてくれたお母さんから、あの後、駅員さんに医務室まで運ばれ、迎《むか》えがくるまで紗英ちゃんが付《つ》き添《そ》ってくれてたのよって聞かされた。

「あなた、すごい熱があったのよ。具合はどう？　大丈夫？」

私がうなずくと、お母さんは「無事で本当によかったわ、今日は寝てなさいね」と頭を撫でたあと、

「紗英ちゃんって、本当にしっかりした、いい友達ね。大切にしなさいよ」

と言った。

そんなこと、言われなくても当然だよ。私はお粥《かゆ》を食べながら、何度もうんうんってうなずいた。元気だったら、紗英ちゃんがどれだけ親切で勇気のある子か熱弁するのに。

私はまだ熱でぼんやりしていて、朝食が終わるとまた眠《ねむ》ってしまった。

やっと目が覚めたのはお昼過ぎ。かなり頭がすっきりして、熱も下がっていた。昼食に下りていき、またお粥を食べ、自室に戻ってごろごろしていると来客があった。

驚いたことに、紗英ちゃんがお見舞《みま》いにきたのだ。しかも私服で！

白い襟《えり》のついた紺色のワンピースで、腕にグレーのコートを持っている紗英ちゃん。

「具合、大丈夫？」

「うん、昨日はありがとう」

一人でここまで来たんだってはにかみながら、紗英ちゃんは部屋に入ってきた。

ウチの住所は、駅の医務室でお母さんに、遊びにきてねって教えてもらったんだって。

興味津々《しんしん》なお母さんを追いだすと、座布団《ざぶとん》がわりのクッションを紗英ちゃんにすすめて、私もベッドから下りて向かいに座った。

たくさん話したいし、聞きたいことがあったけど、まずは紗英ちゃんの話を聞こう。気持ちを落ち着けるように、深呼吸《しんこきゅう》している紗英ちゃんが話しだすのをじっと待った。

「あのね……美緒ちゃんが倒れてから、落ちてたスマホ拾ったの」

思ってもいなかった言葉に、私は一瞬ぽかんとしてしまう。

そういえばスマホをいじっていたんだっけ。

そうそう、引きこもりの友達について調べていたんだって思いだして、あせった。

「それで、スマホの検索内容、見えちゃったんだ」

「ごごごごごめん！　変なこと検索してて！」

どうしよう。気を悪くしちゃったかもしれない。

私は真剣《しんけん》に心配して検索していたけれど、そんなこと調べられたくなかったかもしれない。どうしていいかわからなくて、わたわたしていると、紗英ちゃんがくすりと笑った。

「ううん。謝るのは私だよ。ずっと嘘ついてて、ごめんなさい。この前も……せっかくうちに来てくれたのに、ひどいこと言って追い返してごめんね」

紗英ちゃんが頭を下げる。私も勢いよく頭を下げて謝った。

「私こそ、なんにも知らないで、紗英ちゃんを追いつめてたかも。ごめんね……」

顔を上げると、紗英ちゃんは強く首を横に振って、私をまっすぐに見つめて言った。

「そんなことないよ。私、美緒ちゃんに出会って、変わりたいって本気で思えたんだ」

実は、紗英ちゃんは先週も私のことを隠《かく》れて見ていたらしい。でも、そのときは声をかけられず、昨日も私がホームから落ちそうだったのを見て、とっさに声をかけたのだそうだ。

謝りたかったし会いたかったけれど、ずっと嘘をついていたから幻滅《げんめつ》されているんじゃないか、もう前みたいに友達にはなれないんじゃないかって、怖かったんだって教えてくれた。

「だから嬉しかった……こんな私に、まだ会いたいって思ってくれる友達がいて、本当に嬉しかった。ありがとう」

紗英ちゃんは耐《た》えきれなくなったのか、わっと泣きだして、少しずつイジメられたときのことを話してくれた。

きっかけは些細《ささい》なことで、クラスのある男子とある女子が喧嘩《けんか》をして、その仲裁《ちゅうさい》に学級委員長でまとめ役の紗英ちゃんが呼ばれた。

非は明らかに女子のほうにあったので、男子をかばうような感じになってしまったらしい。紗英ちゃんとしては、どっちも公平にあつかったつもりだったけれど、その女子からしたら裏切られたって思ったみたい。

女子なら、女子の味方をしてくれるって思っていたらしい。

悪いことに、その女子はクラスでもかなり気の強い子で、周りの子も彼女に同調しちゃう空気感があった。だから彼女が紗英ちゃんを無視しだすと、自分が次のターゲットになるのが怖くて、複数《ふくすう》の女子たちが一緒に無視《むし》するようになってしまった……。

そういう空気、わかる。イジメられている子にはっきりした欠点なんてないのに、声の大きい一人の子のワガママにみんなが流されて、イジメが始まっちゃう。そういうこと、私の学校でもあった。

だから紗英ちゃんはなんにも悪くない。ううん、むしろ公平で正しかったんだろうな。なのに、そんなことになっちゃうなんて、すごく理不尽《りふじん》だ。

紗英ちゃんはイジメが始まっても、しばらくは学校に通えていたらしい。だけど、自分では正しいと思って行動したのに、いつの間にかクラス全員から無視されるようになって、今まで自分がしてきたことってなんだったんだろうって悩んでしまったそうだ。

クラスのみんなが仲よく、楽しく過ごせるようにって、頼まれれば喧嘩の仲裁や解決だってしてきた。面倒なことだって引き受けたし、学級委員の仕事だって頑張《がんば》ってきた。

でも、そういうこと全部が余計なお世話で無駄《むだ》だったのかも、自分は本当は嫌《きら》われていたのかなって考えたら、クラスの子たちに会いたくないって思ったって。

相手のためにいいと思ってやったことが、陰《かげ》で迷惑《めいわく》がられてたんだとしたら、いたたまれなくなって、学校に行けなくなった。外にでるのが、すごくつらくて苦しくて、怖くなったんだって話してくれた。

だから、学校であったことや、自分のキャラを知らない私と話せて、すごく元気がでたんだよって。

「美緒ちゃんは、私のことカッコいいって言ってくれたけど、私は全然そんなんじゃなくて。お姉ちゃんの制服を着ていないと、外にもでられない弱虫なの。だから、本当の私を知られて、嫌われたと思った。なのに美緒ちゃんってば……優しいね」

目尻《めじり》に残った涙をぬぐいながら言う紗英ちゃんに、私は思わず身を乗りだしていた。

「違うよ！　優しいんじゃなくて、私は紗英ちゃんのことが好きなだけだよ。だから会いたかったの！　あのまま、さよならなんて嫌だもん！」

泣いていた紗英ちゃんが、顔をくしゃくしゃにして笑った。笑いながら、涙が一粒《ひとつぶ》だけ頬《ほお》を伝った。

「ありがとう。私も美緒ちゃんが好き。一緒に白楊女子に行きたい」

紗英ちゃんはそう言って、スカートのポケットからなにかを取りだした。

「それ……紗英ちゃんが自分でもらってきたの？」

それは――五角神社のお守りだった。

お守りから視線を上げると、紗英ちゃんが力強くうなずいた。

「今日、ここに来る前に一人で行ってきたの。この格好《かっこう》で」

笑顔だけど、紗英ちゃんの唇《くちびる》や手は小さく震《ふる》えていた。

目も、また泣きだしそうにうるんでいて、それがどれだけ大変だったか、聞かなくても伝わってくる。

部屋に入ってきたときから、気づいてた。いつもきちんとしていて、制服や靴《くつ》が汚《よご》れていることなんてなかった紗英ちゃんのスカートの裾《すそ》が、泥《どろ》で汚れていた。

膝《ひざ》もすりむいている。お守りを握っている手だって、ぶつけたのか、かすり傷《きず》ができていた。

学校までの道のりで、転んだのかもしれない。途中《とちゅう》で歩けなくなって、しゃがみこんでスカートを汚してしまったのかもしれない。すごく大変だったんだって想像できた。

「美緒ちゃん。嫌じゃなかったら、私とお守り交換して。美緒ちゃんと、どうしても交換したくて、私、五角神社まで行ったんだ。お願い」

胸がきゅうって切なくしめつけられ、視界《しかい》が涙でぼやけた。

紗英ちゃんは、私とお守りを交換するために、今、一番つらいことを乗り越えてきたんだ。そう思ったら、涙がぼろぼろあふれてきた。

「もちろんだよ！　私から頼みたいよ！」

私は涙声でそう返すと、紗英ちゃんに抱きついてわんわん声を上げて泣いてしまった。

それから私たちはお守りを交換して、「一緒に頑張ろうね」って握手《あくしゅ》をした。紗英ちゃんの手は、とても温かかった。

＊

四月。桜が舞《ま》う白楊女子中学の入学式。

真新しい制服に身を包んだ私と紗英ちゃんは、手をつないで学校へ続く坂道を見上げた。

鞄には交換したおそろいのお守りが下がっている。

もう、紗英ちゃんの足が止まることはない。怖くて足がすくんでしまうようなことがあっても、私がその手を引っぱってあげる。きっと紗英ちゃんも、私が歩けなくなったら同じようにしてくれるから。

つないだ手をぎゅっと握って、私たちは歩きだした。

放課後ドロップクッキー

一色《いっしき》美雨季《みゆき》

「今すぐ異常気象《いじょうきしょう》が起こらないかなあ……」

教室の窓《まど》から見える青空に、私――大野桜《おおのさくら》は、小さな溜《た》め息《いき》をこぼした。

次の授業は、私の大嫌《だいきら》いな体育だ。巨大《きょだい》な雹《ひょう》が体育館に穴《あな》を開けたり、校庭で竜巻《たつまき》が大きな渦《うず》を作っていたら、きっと教室で自習になるはずなのに……とは思うけれど、そんなふうに天気は思いどおりになってくれない。

今日は、球技大会に向けての練習だ。いつもは男女別だけれど、この授業はみんな一緒《いっしょ》。男女の区別なく、体育館ではバスケとバレー、校庭ではミニサッカーの三種目を各々《おのおの》自由に練習する。先生はいるが、とくに指導をするわけでもなく、どちらかといえば自主練《じしゅれん》に近いスタイルだ。

授業開始のチャイムが鳴り、先生が「はい、各自練習！」と声を上げると、運動の得意な子は「練習するだけムダだよね」と笑い、運動の苦手な子は「体育なんてしんどいだけだよね」と愚痴《ぐち》りながら、みんなバラバラに散っていく。

球技大会が近づいた今、クラスのムードは最悪で、みんながピリピリしていた。

運動の苦手な私は、なんとなく体育館に向かう。二種目の練習が行われるため、そちらに向かう人数が多かったからだ。

まだ出る種目は決まっていないから、人数が多いところに行けば、そのぶん練習量が少なくなる可能性が高いと予想したのだ。

私と同じ考えにいたった運動の苦手な子たちも多いようで、体育館組はますます人数を増した。

ところが。

運動靴《うんどうぐつ》から体育館シューズに履《は》き替《か》えた途端《とたん》、私は、自分の考えが間違《まちが》っていたことに気がついた。

体育館には、女子バスケ部のレギュラーである石川《いしかわ》さんがいたからだ。

「さっさとコートに入って！　時間がもったいないよ！」

ボール片手《かたて》に檄《げき》を飛ばす石川さんに、運動の苦手な私たちは首をすくめた。

失敗した。こんな部活ばりの練習なんて、私たちはしたくないのに。

すると運動の得意な男子が「お前、なに熱くなってんだよ」と、石川さんをせせら笑う。

しかし、石川さんは、そんなからかいにも負けない。

「なにって、みんなに声をかけてんのよ。そういえば、あんた、サッカー部だったよね？ってことは、あんたが男子サッカーのまとめ役をやるんでしょ？　なんで体育館でダラダラしてんの？　司令塔《しれいとう》は誰《だれ》にするか決めた？　どういうゲーム展開《てんかい》にするか、ちゃんと考えてる？」

「そ、それは……。でも、サッカー部の試合みたいにはいかねーよ。こっちには足が遅《おそ》いヤツが交じってるし」

「はあ？　そんなの、どこのクラスだって一緒じゃない」

さっきまで石川さんをせせら笑っていた男子は、急に縮《ちぢ》こまった。石川さんは、さらに強気に、「やるからには勝ちたいと思わないの？」と口にする。

「私は、二年三組を学年優勝《ゆうしょう》させたいと思ってるんだけど」

「ええ！　学年優勝？」

まさかの発言に、その場にいた全員がどよめいた。

学年優勝するには、各種目で全戦全勝に近い形を目指さなければならない。それなのに、クラスが分裂《ぶんれつ》している状態で狙《ねら》うなんて、あまりにも無謀《むぼう》すぎる。

「無理だろ」

つぶやく男子に、石川さんは「さっきも言ったよね？　どこのクラスも条件は一緒だって」と言い返す。

「一緒なら他のクラスより練習量を増やせばいいじゃない。確実に勝てるって。ほら、みんな、練習するよ！」

その瞬間《しゅんかん》、石川さんは手にしたバスケットボールを一回バウンドさせると、そのまま視《し》線《せん》と違《ちが》う方向へ素早く投げた。

これが、いわゆるノールックパスというやつなのだろう。運動の苦手な私にも、それが見事なボールさばきであることは理解できたが、投げた方向が悪かった。

石川さんは、運動の苦手な小森《こもり》さんに向かってボールを投げてしまったのだ。

「わ！」

驚《おどろ》いた小森さんは、ボールから身をかわそうとした。が、時すでに遅く、ボールはボン！　と大きな音を立てて、小森さんのおでこに命中した。

「やだ、嘘《うそ》でしょう？　信じられない！」

運動の得意な女子集団の一人がそう言って、クスクスと笑い声を上げる。

「なんであんなふうに避《よ》けるわけ？　あんなの簡単《かんたん》に取れるボールなのに」

そうは言っても、運動の苦手な私たちにとっては、それが簡単ではないのだ。私は小森さんに駆《か》け寄《よ》る。小森さんのおでこは赤く腫《は》れていて、とても痛《いた》そうだった。

「大丈夫《だいじょうぶ》？　保健室に行く？」

と、次の瞬間、「ちょっと！　小森さんに謝《あやま》りなさいよ！」と、大きな声が体育館に響《ひび》き渡《わた》った。これは、運動が苦手な女子集団からの声だ。

「小森さんがかわいそうじゃない！　なんで乱暴《らんぼう》なことするの？」

「は？　私は普通《ふつう》にボールを投げただけなんだけど。あれが取れないなんて、練習をサボってる証拠《しょうこ》でしょ？」

石川さんの決めつけるようなキツイ言葉に、私の触《ふ》れていた小森さんの肩《かた》が震《ふる》えた。

あ、これはマズイと思ったときには手遅《ておく》れで、小森さんは「私、サボってなんかないのに……」と、シクシク泣き出してしまった。

うわ、ウザイ、と男子たちが横を向く。

女子たちは完全に二手に分かれ、「泣かすな！」「泣くなんて卑怯《ひきょう》だ！」と、ますますヒートアップしていく。

最悪だ。体育の授業はいつも最悪だけれど、今日はとくに最悪だ。

こうなってしまったら、もう授業終了のチャイムが鳴るまで収拾《しゅうしゅう》はつかないだろう。とりあえず、涙《なみだ》が止まらない小森さんを保健室へ避難《ひなん》させたほうがいい。そう思った私は、小森さんの手を引いて体育館脱出《だっしゅつ》をはかる。

ところが。

「どこに行くの？」

私たちの行く手に、誰かが立ちはだかった。それは、石川さんだった。

「ボールをぶつけたことは謝るわ。でも、サボるなって言ったでしょ！　ほら、練習するよ！　絶対に学年優勝するんだからね！」

もともとキリッとした顔をさらにキリリとさせて、石川さんは私にバスケットボールをグイグイと押《お》し付《つ》けた。

体育の授業で勃発《ぼっぱつ》した事件は、そのまま帰りのＳＨＲ《ショートホームルーム》に持《も》ち越《こ》された。

おでこに冷却《れいきゃく》ジェルを貼《は》った小森さんを間にはさみ、運動が得意な子と苦手な子の争いは、担任の先生の手前もあり、ひとまず口先だけの仲直りで決着を見せた。が、当然ながら、これでクラスの雰囲気《ふんいき》がよくなるはずもない。

疲《つか》れた気持ちのまま帰宅すると、今度は家でも事件が起きた。

発端《ほったん》は、夕食時に発したおばあちゃんの一言だ。

「今度の日曜日、おばあちゃんのボーイフレンドを、うちに招待することにしたから」

「ええ？」

家族全員が耳を疑《うたが》った。

おじいちゃんが亡《な》くなったのは、私が小学生の頃《ころ》。今のおばあちゃんは独身だから、別にボーイフレンドがいたっていけないわけじゃないけど……でも、ちょっと信じられない。

「おばあちゃんのボーイフレンドって、敬老会《けいろうかい》の人？」

「違うわよ。若ーい男の子」

おばあちゃんはうれしそうに、出会いのきっかけを語りだす。

二人が出会ったのは、先週の土曜日。なんでも、駅のホームで転んだときに、その男の子が颯爽《さっそう》と現れ、おばあちゃんを助けてくれたらしい。

「ジーンズを穿《は》いた足がスラーッと長くってね、まるでハリウッドの若手俳優《はいゆう》さんが現れたようだったわ。それで話を聞いたら、近くに住んでるって言うじゃない。だから、お礼に、うちでお茶でもいかがですかってお誘《さそ》いしたの。美味《おい》しい『スイーツ』もありますよって」

まるで少女のように語るおばあちゃんに、お父さんは呆《あき》れ顔。

「どうせ強引に約束を取り付けたんだろう。その男の子も災難《さいなん》だなあ」

おばあちゃんは「失礼な」と口を尖《とが》らせたが、私もお父さんの意見に賛成だ。私だって、お年寄りのお誘いは断りにくいと思うもの。

おばあちゃんは握《にぎ》っていたお箸《はし》を置き、私とお兄ちゃん、そして両親の顔をぐるりと見た。

「とにかく、日曜日の午後三時、おばあちゃんのボーイフレンドがいらっしゃいますからね。おばあちゃんは、朝からお茶菓子《ちゃがし》……じゃなくて、『スイーツ』を焼きます。みんなにもおすそ分けしてあげるから、どうか粗相《そそう》のないように頼《たの》みますよ」

すっかり心が若返ってしまったのか、おばあちゃんがもったいぶって言った『スイーツ』という言葉に、私は思わず笑ってしまった。

そして迎《むか》えた日曜日。

私はキッチンから漂《ただよ》ってくる甘《あま》い香《かお》りに包まれながら、朝からお菓子作りに大忙《おおいそが》しのおばあちゃんに頼まれ、リビングに掃除機《そうじき》をかけていた。

家の中には、私とおばあちゃんの二人だけ。両親はデパートへ買い物に、お兄ちゃんは友達と映画《えいが》を見にいく約束があると言って出ていってしまった。

おばあちゃんは「みんなにも紹介《しょうかい》したかったのに」とブツブツ言っていたが、みんなはそれを面倒《めんどう》くさいと思っていたようだ。

「さあさ、そろそろいらっしゃいますよ」

キッチンから出てきたおばあちゃんがエプロンを脱《ぬ》いだ、そのとき。

ピンポンと玄関《げんかん》チャイムが鳴った。どうやら噂《うわさ》の男の子がやってきたようだ。

おばあちゃんは私の腕《うで》を引っ張りながら、いそいそと玄関にお迎えにいく。なんで私まで行かなきゃいけないのかわからないけれど、抵抗《ていこう》するのも面倒なので、おばあちゃんにされるがままになっている。

まあ、とりあえず、あいさつだけはしておこう。男の子の顔を見てみたい気もしたし、おばあちゃんだって、私があいさつさえしておけば満足するだろうし。

「ようこそ、いらっしゃいませ」

おばあちゃんは、玄関のドアを開けた。私も「こんにちは」と言おうとした。が……驚きのあまり、その声はのどの裏側《うらがわ》に張りついたまま出てこなくなってしまった。

ドアの向こうにいた男の子――それは、私と同じ二年三組の〝石川さん〟だった。


「あらまあ、ごめんなさいね。まさか〝女の子〟だったとは思わなくて」

この前のお礼を言った後、すぐに謝ったおばあちゃんの言葉に、石川さんは苦笑いを浮《う》かべた。

ショートヘアで身長の高い石川さんは、普段《ふだん》から、よく男の子に間違われると言っていた。私は制服姿《すがた》しか見たことがないのであまりそうは思っていなかったが、たしかに今日のようにデニムを穿きこなした私服姿だと、男の子に見えないこともない。

「しかも、桜と同じクラスだなんて驚いたわ。……それで、ふたりはさっきから雰囲気が悪いようだけど、ケンカをしているの？」

「え！　ち、違うよ！　ただなんとなく、話しづらいだけで……」

おばあちゃんは、私たちの間に流れる微妙《びみょう》な気まずい空気を察知したみたいだ。

実際、私たちは、直接ケンカなんてしていない。私は石川さんのことを個人的に嫌っているわけではないし、どうやら石川さんも同じように思ってくれているようだ。

「あらそう。それなら、よかったわ。さあさ、紅茶《こうちゃ》をいれましょうかね。クッキーも焼けたばかりよ」

さっき掃除機をかけたばかりのリビングで、私と石川さんは、おばあちゃんが出してくれた紅茶と、おばあちゃん自慢《じまん》のドライフルーツ入りのドロップクッキーを見つめる。ドロップクッキーは本当に焼きたての熱々で、甘い香りの湯気がふわふわと立ち上っていた。

「さあ、めしあがれ」

おばあちゃんに言われて、私と石川さんは紅茶よりも先にクッキーを手に取った。

わざと形をイビツにさせた、素朴《そぼく》な見た目のクッキーだ。

しかし、この見た目に反し、味はとても華《はな》やか。口の中に入れて噛《か》んだ途端、熱々のバニラ風味の中に、ドライフルーツの甘酸《あまず》っぱさがパッと広がる。

「うわ！　美味しい！」

思わず私と石川さんは顔を見合わせた。この美味しさは、有名店のクッキーにも負けていないと私は思う。

「大野さん、いいな。毎日こういうのを食べてるの？」

「ううん、すごく久しぶりだよ。おばあちゃん、気が向いたときしか作ってくれないし」

そう言いながら、ふたり同時に二枚目に手を伸《の》ばそうとして、ハッと気づく。

私たち、普通にしゃべってた。まるで、これまでの気まずさなどなかったかのように。

「ケンカしてないのに、なんだか変なふたりねえ。いったい学校でなにがあったの？」

おばあちゃんの勘《かん》はなかなか鋭《するど》い。隠《かく》しておくのも変なので、私たちは、クラスで勃発している問題をおばあちゃんに話すことにした。そう、けっして大人《おとな》に告げ口をしているのではなく、相談という意味で。

おばあちゃんはひととおり話を聞き終えると、「球技大会ねえ。懐《なつ》かしいわ。おばあちゃんが学生の頃も、学級対抗で九人制バレーを戦ったものよ」と話しだした。

「運動が得意な子と苦手な子ねえ……。それで、ふたりは、みんなが仲良《なかよ》くできない原因は、どこにあると思うの？」

「私は、みんなの考えが違うからじゃないかな、と思っています」

石川さんは大きく溜め息をつき、口をへの字に曲げた。

「考えが違うって、どんなふうに？」

「私は学年優勝したいと思っています。でも、そういうのをあきらめてる子もいるし、適《てき》当《とう》にやればいいと思ってる子もいるし……それに」

石川さんの視線を受けて、私も横から口をはさむ。

「私みたいに、最初から球技大会に参加したくないって思ってる子もいるし」

あらまあ、と、おばあちゃんはあきれた顔をした。

「桜ったら、困《こま》った子ねえ。なんで球技大会に参加したくないの？　あんなに楽しいのに」

「全然楽しくないよ！　だって、急にボールが飛んでくると怖《こわ》いし、当たると痛いし、それに私は足が遅いから、ボールに届《とど》くように走れって言われても間に合わないし……」

『怖い』『痛い』『遅い』。これが、私が運動を苦手だと思う三大要素。この要素に『疲れる』が加わるから、ますます運動が苦手になっていく。

運動が苦手な子だって、ちゃんと努力しているし、実はスポーツを楽しんでみたいという気持ちだって持っている。ただ、いつだって気持ちと体が反比例してしまって、とくに運動の得意な子と一緒だと、その反比例を痛烈《つうれつ》に感じてしまうからツライのだ……。

私はここぞとばかりに力説した。

すると、私の告白に、「それ、本当?」と、石川さんはとても驚いた顔を見せた。

「本当だよ。運動の苦手な子は、恐怖心《きょうふしん》とか、みんなに迷惑《めいわく》かけちゃいけないっていうプレッシャーとか、そういうのと戦いながら球技大会に参加してるんだよ」

どうやら、私の言葉は予想外のものだったらしい。

石川さんはちょっとだけ考《かんが》え込《こ》んだ後、「ごめん、私、今まで、運動が苦手な人は、努力をしない、ただの怠《なま》け者《もの》なんだと思ってた……」と、小さく頭を下げた。

「原因がわかったところで、一歩前進ね」

おばあちゃんがポンと手を打ったそのとき、キッチンの方から調理終了を告げるオーブンの音が聞こえた。おばあちゃんはいそいそと立ち上がる。今度は、チョコチップ入りのクッキーが焼きあがったらしい。

石川さんは、もう一度「ごめんね」と言った。

同じように、私も「ごめんね」と返した。

「はい、お待たせ」

おばあちゃんが、レースペーパーの上に並べた焼きたてのクッキーを持って、リビングに戻ってくる。ふわふわと漂うクッキーの甘い香りが、私たちの間にあった深い溝《みぞ》を、急速に埋《う》めていくような感じがした。

「あのね、ボールは怖いものじゃないんだよ」

石川さんは私にアドバイスをくれた。

まず、ボールは飛んできて当たり前のものだと思うこと。そして、自分が飛んできたボールに届かないと思ったら、味方にゆだねてしまうこと。こう考えるだけで、ボールに対する苦手意識は格段《かくだん》に弱まるのだという。

「なるほど」

石川さんのアドバイスは、運動が苦手な私にもわかりやすかった。

バスケ部の石川さんには当たり前のことでも、私には初耳のこと。そう、私は、球技の技術的《ぎじゅつてき》なアドバイスより、まずはこういった基本の部分を教えてほしかったのだ。

「でも、『疲れる』だけはどうしようもないね。自分で努力してスタミナをつけなきゃ」

「スタミナって、どうやってつけるの？」

「まずは軽い運動から始めてみたらいいよ」

「じゃあ、家で縄跳《なわと》びでもやってみようかなあ」

本当はかっこよく「ジョギング」なんて言ってみたいものだが、いきなりは無理。まずは自分のペースでできることから始めてみよう。

おばあちゃんは「私はウォーキングでも始めてみようかしらね。桜も一緒にどう？」と言い出した。どうやら石川さんのアドバイスに触発《しょくはつ》されてしまったようだ。

しばらく話し込んでいると、またキッチンの方から調理終了を告げるオーブンの音が聞こえた。今度はパイが焼けたらしい。

しかし、このとき、私たちのお腹《なか》は、すでにドライフルーツとチョコチップのドロップクッキーでパンパンに満たされてしまっていた。食べ切れなかった分は、おばあちゃんが可愛《かわい》くラッピングして、石川さんが持ち帰れるようにしてくれるという。

「このクッキー、本当に美味しかった〜」

うれしそうな石川さんを見て、ふと、私はあることを思いつく。

「ねえ、石川さん」

「なに？」

「今日、私にくれたアドバイス、他の運動が苦手な子にも教えてあげられないかな」

え！　と、石川さんは驚いた顔をして声を上げた。

おばあちゃんも「いいわねえ、そうしなさいよ」とそれを勧《すす》め、私も「お願い！」と懇《こん》願《がん》した。

これはチャンスだと思った。私たちがそうだったように、きっと、仲間割れしてしまったクラスの雰囲気もよくなると思うのだ。

＊
＊

その日は、ざあざあと雨が降《ふ》っていた。

今日の体育の授業も、球技大会に向けての練習だ。校庭が使えないので、全員が体育館に集まっている。

「はい、各自練習！」

チャイムが鳴ると同時に、先生は体育準備室に引っ込んでしまった。

クラスは分裂どころか、もはや地面に舞《ま》い落《お》ちた紙吹雪《かみふぶき》ぐらいバラバラになっていて、「練習なんてしなくてもできるし」という子や、「学校行事なんてバカバカしくてやってられない」という子、そして「運動なんてしたくない」という子が、広い体育館の隅《すみ》の方に数人ずつグループを作って散らばっていた。

その体育館の中央で、「なにがなんでも学年優勝」を目指す石川さんが仁王立《におうだ》ちとなり、クラス全員に届くよう大きな声を上げた。

「さあ！　学年優勝に向けて練習するよ！」

しかし、みんなの反応は薄《うす》い。チラリと石川さんを見て、また自分たちのおしゃべりに戻っていく。

バスケ組のはじっこの方に交じって、なんとか練習に参加していた私は、ゴクリと唾《つば》を飲んだ。そして意を決し、右手を高く挙げる。

「い、石川さん！　私にドリブルのコツ、教えて！」

その瞬間、周りがざわついた。

そりゃそうだろう。ボールを投げることも取ることも走ることもダメな私が、いきなり、やる気を見せたのだ。奇跡《きせき》の瞬間だと思われても仕方がない。

石川さんは「いいよ」と言って、まずはボールのつき方から教えてくれた。自然とボールが制御《せいぎょ》できるようになるつき方だ。慣れてきたら、ボールを見ないでもつけるようになるらしい。

必死でボールをつく私を、石川さんは「そう、うまいよ、少し腰《こし》を落として、そのまま顔を上げて……」と丁寧《ていねい》に指導《しどう》してくれる。すると、運動が苦手な子たちが、私たちの会話を聞いて、徐々《じょじょ》にこちらに集まってきた。

これは、ちょっとでもうまくなりたいと願う運動の苦手な子たちの心理をついた、私と石川さんの作戦だ。誰だって、いきなり実践《じっせん》の練習をやらされるより、まずは基本の部分を教わりたいと思っているのだから。

うまくいったと思った。——ところが。

「そんなことしたって、ムダだろ」

そうつぶやいたのは、前回の授業でもめたサッカー部の男子だ。

「ムダって、なにがムダなのよ」

「そんなドン臭《くさ》いヤツに教えたって、どうせできないんだからムダだって言ってんだよ」

男子のキツイ言葉に、私の心はグサリと傷《きず》ついた。

しかし、ここで引き下がるわけにはいかない。「わ、私も学年優勝を目指してるんだけど！」と、せいいっぱい声を張り上げる。

「だって、石川さんが言ってたよね？　どこのクラスも条件は一緒だって」

「はあ？　だから、お前みたいなヤツのそういう考えがムダなんだって！」

男子が冷たく言い放った途端、いきなり石川さんが「あ、ごめんごめん、条件は全然一緒じゃなかったわ！」と、拝《おが》むように手を合わせた。

「この前は『どこのクラスも条件は一緒』って言ったけど、あれ、間違ってたわ。むしろ、うちのクラスって、他のクラスに比べて有利かもしれないんだよね。だって、バスケ部とバレー部とサッカー部の部員が揃《そろ》ってるのって、うちだけなんだもん」

その瞬間、クラス全員がハッとした表情を見せた。お互《たが》いに顔を見合わせ、その面子《メンツ》を確認する。

突《つ》き詰《つ》めて考えてみれば、根本の問題はここにあった。つまり、今回のクラス分裂は、そういった競技経験者《けいけんしゃ》とそうでない人の対立によるところが大きかったのだ。

石川さんは、男子の肩をポンと叩《たた》く。

「あんたもアスリートなら、勝てる可能性の高い試合を、わざわざ捨てにいくなんて馬鹿《ばか》なことしないよね？　だからさ、みんなで学年優勝目指して頑張《がんば》ろうよ」

「で、でも！　もともと足が遅いヤツとか、ボールが怖いって言ってるヤツがいるのに、どうしたらいいって言うんだよ！」

「そこは作戦よ、作戦」

ふふん！　と石川さんは胸《むね》を張った。

「どうしたら全員が活躍《かつやく》できるのか、これからみんなで作戦を練るのよ！」


その日の夕方、部活を終えた石川さんは、私の家に立ち寄ってくれた。

帰宅部の私とおばあちゃんは、万全のおもてなし態勢《たいせい》で石川さんを招《まね》き入《い》れた。

「もう、緊張《きんちょう》したよ！」

部屋に入った途端、石川さんは大きな溜め息をついた。

「まるで演劇《えんげき》部員になった気分。あれなら、帰りのＳＨＲで発言したほうが、よっぽど楽だったかも」

たしかにそうかもしれないと、私は苦笑いを浮《う》かべる。

けれど、石川さんの勇気ある提言《ていげん》のお陰《かげ》で喧々《けんけん》ごうごうの話し合いが始まり、その結果、クラスは以前と同じような――いや、以前よりちょっと強めのまとまりを取り戻すことができた。

「それで、どういう作戦にしたの？」

興味津々《きょうみしんしん》のおばあちゃんに、石川さんは『適材適所《てきざいてきしょ》』で、試合に出ることにしたんです」と答える。

球技大会のルール上、ひとりが二種目に出場しなければならないことになっている。だが、クラスの人数の関係で、一種目の出場でもよい場合がある。

この制度を使って、運動が苦手な子の中でも、とくに球技が苦手な子達には、一種目だけ出場してもらうことにしたのだ。

そして、クラス全員でチームのバランスを考えた。

各種目の経験者はそのままに、ボールをキャッチするのは苦手だけれど足が速い子、足は遅いけれどパワーがある子、そういった一人ひとりの個性を踏《ふ》まえて、各種目の司令塔が中心となって、みんなで振《ふ》り分《わ》けていったのだ。

「まあ！　みんなで考えるなんて、なんて素晴らしいの！」

石川さんの報告に、おばあちゃんは興奮気味に拍手喝采《はくしゅかっさい》した。

「それで、桜はなんの種目に出るの？」

「私はバスケだけ……。あ、でもね、みんなで作戦を練ってるときに、『お揃《そろ》いのハチマキをしよう』って提案《ていあん》したんだよ。他のクラスはハチマキなんてしないし、そういうのでクラスの結束力を見せつけたら、相手チームを威嚇《いかく》できるんじゃないかなって」

「あら、それはいい考えね。それで、そのハチマキはどうやって準備するの？」

するとも石川さんが、「そっちも大丈夫です」と胸を張る。

「バスケ部の先輩《せんぱい》の家が手芸屋さんなので、安く布を買わせてもらえるように交渉《こうしょう》してきました。あと、家庭科の先生に事情を話して、休憩《きゅうけい》時間にミシンを使わせてもらえるように頼みました。あとは、みんなで手分けして縫《ぬ》うだけです」

「あらまあ！　なんて気が回るの！　あなた、本当にすごいわねえ！」

そんなことないです、と石川さんは謙遜《けんそん》したが、実際のところ、私も石川さんはすごいと思うのだ。グチグチ文句を言ってるだけの女子をちゃんと説得することだってできるし、強気でちょっと怖い男子にも堂々と立ち向かっていく。なんというか、石川さんって……。

「……石川さんって、かっこいいなあ」

「え？」

思わず飛び出た心の声に、石川さんはキョトンとした顔を見せた。私は慌《あわ》てて、「ごめんね、つい本音が出ちゃった」と照れ笑いを浮かべる。ところが、石川さんの反応は、私が思《おも》い描《えが》いていたものと違っていた。

照れたり、喜んだりするかと思いきや、石川さんは表情をくもらせ、「集団を仕切っちゃうの、私の悪いくせなんだよね……」と肩を落とした。

「そのせいで、いつも『仕切り屋』とか『生意気』とか『男みたい』って言われてたの。私だって、もっと控《ひか》えめでいたいと思ってるんだけどさ……」

「『かっこいい』って、嫌《いや》なの？」

「嫌じゃないけど、ちょっとコンプレックスかな。たまには『可愛い』とか言われてみたいよ」

私は耳を疑った。まさか石川さんに、こんな意外なコンプレックスがあったとは。

そういえば、おばあちゃんも男の子と間違えていたし、もしかしたら石川さんは、私たちが気づかないところで深く傷ついていたのかもしれない。

「あなたは周囲に気配りのできる、とっても素敵《すてき》な女の子よ」

ニコニコと笑いながら、おばあちゃんは言った。

私も同感だ。石川さんは、とても素敵な女の子だと思うのだ。

そして迎えた、球技大会当日。

朝のSHRで、私たちに水色のハチマキが配られた。クラスの結束を表すハチマキだ。

ハチマキ作りの陣頭指揮《じんとうしき》をとったのは、私と同じく一種目しか参加しない小森さん。

実は小森さんは手芸の達人で、パパパッと布を裁断《さいだん》すると、チャチャチャッと縫《ぬ》い代《しろ》の線を引き、家庭科が苦手な子でもすぐにミシンがかけられるように、手際よく下準備をしてくれたのだ。

そのハチマキを頭に巻き、私たちは校庭で行われる開会式に参加する。校長先生の長いあいさつと、生徒会長の短い開会宣言が終わると、いよいよ試合開始だ。

私たちは全員でハイタッチをし、試合会場となる校庭と体育館に分かれて向かった。

私は石川さんと一緒に体育館へ。バスケの試合に出るためだ。

足が遅くてボールが怖い私の役割は、相手のシュートを邪魔《じゃま》すること。

ボールを持った相手にギリギリまで体を寄せ、両手を上げてシュートを阻止《そし》する。これなら広いコートを走り回らなくてもすむし、相手はゴールに向かってボールを投げようとしているのだから、自分の方にボールが飛んでくる恐怖もない。

こちらからの攻撃に関しては、運動が得意な子に任せた。本来のバスケットボールから考えれば全然ダメな戦術だけど、運動が得意な子と苦手な子の混合チームでは、これがベストだと思った。

毎日の縄跳びで私のスタミナもちょっとはアップしたはずだし、きっといけるはず。

試合開始のホイッスルが鳴った。

私は与《あた》えられたポジションにつき、必死で相手の邪魔をした。クラスメイトからの力強い声援《せいえん》が聞こえる。その声援が力に変わる。

すごい。こんなの初めての経験だ。

体育館が揺《ゆ》れるような喚声《かんせい》に感動した。なんだか負ける気がしない。

お互いに声を出し、司令塔の指示を聞き、自分の役割を全《まっと》うする。ボールの動きに集中する。それに合わせて体を動かす。

コートの中は空気がピンと張り詰めていて、そこにいるみんながキラキラして見えた。

走って、飛んで、ボールを投げて。

不思議なくらい気持ちよかった。運動することがこんなに楽しいなんて、今まで知らなかった。

勝てる。きっと勝てる。

だって私には、大勢の仲間がついているのだから。

＊

「優勝したよー！」

球技大会の日は、どの部活もお休みと決まっているので、私と石川さんは一緒に帰り、早速おばあちゃんに報告をした。

おばあちゃんは「あら、すごい。本当に優勝しちゃったの？」と、とても驚いた表情を見せた。

「あのね、とってもすごかったんだよ！　私のチームは、石川さんがどんどんシュートを決めて得点を稼《かせ》いじゃうし、それに最後まで相手に得点を入れさせなかったんだから！」

「相手に得点を入れさせなかったのは、大野さんの活躍があったからでしょ。大野さんが予想外の角度に動くもんだから、相手がビックリしてシュート打てなくなったんだもん」

あはは、と私たちは大笑いをする。

たしかに石川さんの言うとおりだ。運動の苦手な私は、いわゆる普通の動きができず、その結果、はからずも相手のミスを誘発《ゆうはつ》することに成功してしまったのだ。

おばあちゃんは、「よかったわねえ」と大きな拍手をしてくれた。

「なんてうらやましいこと。おばあちゃんなんて、九人制バレーで準優勝までしかいけなかったのに。ああ、あのとき、もっと細かく作戦を立てておくべきだったわ……」

しかし、どれだけ後悔《こうかい》したって、もう遅い。だって、おばあちゃんが九人制バレーで準優勝したのは、かれこれ六十年も前のことなのだから。

「それじゃあ、優勝したお祝いでもしましょうかね。なにがいいかしら?」

「あの、それじゃあ、ひとつお願いがあるんですが……」

おずおずと、石川さんはおばあちゃんを見た。

「お菓子作りを教えてもらえませんか?」

「あら、そんなことでいいの?」

「はい。できれば、ドロップクッキーがいいです。あのとき、ふたりで焼きたてのドロップクッキーを食べたことが、うちのクラスをまとめるきっかけになったんですから」

あらまあ……と、おばあちゃんは微笑《ほほえ》んだ。

なんだか私もうれしくなって、「私にも教えて！」と手を挙げる。

「はいはい、いいわよ。では、そうしましょう。第一回目のお菓子作り教室は、ドライフルーツとチョコチップのドロップクッキーね。ちょうどよかったわ、ドロップクッキーは初心者でも簡単に作れるお菓子ですからね」

「そんなに簡単なんですか？」

「そうよ。クッキーの生地をスプーンですくって、ポンと天板に落として焼くだけですもの。コツさえわかれば誰でも上手に作れちゃう。うちの桜がバスケットの試合で点を入れるよりも楽勝よ」

なにそれヒドイ、と私は思ったが、実際にそうなのだから反論《はんろん》のしようがない。

石川さんはクスクスと笑った。笑いながら、「上手に作れるようになったら、誰かに食べてもらいたいなあ」と言った。

「たとえば、クラス全員に食べてもらえたら、うれしいよね」

「そうだね」

私たちは顔を見合わせて、まるで昔からの親友のように笑い合った。

内緒《ないしょ》の文通友達

南潔《みなみきよし》

同じクラスの佐藤《さとう》さんは、眼鏡《めがね》をかけた地味で大人《おとな》しい女の子だ。

この春、中学生になり、はじめて一緒《いっしょ》のクラスになった。佐藤さんは文芸部という、いつどこで活動しているのかもわからない部活に入っている。

成績《せいせき》はとてもよく、学年でも上位だ。教室では、佐藤さんと同じように大人しい女の子数人と過ごしていた。一人でいることも多い。

グループのちがうわたし、松井《まつい》みずほは、こうして掃除《そうじ》当番で一緒になるまで、ほとんど佐藤さんと話をしたことがなかった。

「佐藤さん、そっちのごみ袋《ぶくろ》まだ入る？」

わたしが話しかけると、教室の隅《すみ》でごみをビニール袋にまとめていた佐藤さんがおどおどした様子でこちらを見た。

「ううん、こっちはもういっぱい……」

「わたしのごみ袋もいっぱいなんだ。一度捨てに行かない？」

わたしが言うと、佐藤さんはうなずいた。

今日は週末にせまった運動会の準備で、いろいろな応援《おうえん》用のグッズをつくったので、いつもよりごみが多い。仲《なか》がいい友達と一緒のときはべらべらとしゃべりながら掃除をするのだが、佐藤さんとは共通の話題が見つからなかった。佐藤さんもあまりしゃべる方ではない。会話がないので、掃除はとてもはかどった。

ごみ捨てを終えて教室に戻《もど》る途中《とちゅう》、佐藤さんの制服の胸ポケットに、見覚えのあるキャラクターのシャーペンがささっていることに気づいた。

「佐藤さん、そのシャーペン、もしかして『ツーピース』の？」

『ツーピース』は、現在、少年雑誌《ざっし》で連載中《れんさいちゅう》の漫画《まんが》だ。たくさんのイケメンキャラクターが出てくるので、女子にも人気があった。

「うん。松井さん、『ツーピース』知ってるの？」

佐藤さんが意外そうな顔をする。

「ま、まあね。弟が雑誌買ってるから、読んでるんだ」

あくまでついでという感じをかもし出して言う。弟が雑誌を買っているのは本当だが、弟のお目当ては別作品で、『ツーピース』を楽しみにしているのは実はわたしの方だった。

「そうなんだ。おもしろいよね」

「まあまあね」

わたしは曖昧《あいまい》にうなずいた。まあまあどころか、ものすごくハマっている。実はコミックスも集めていた。

「わたしは主人公より敵《てき》キャラのアリオンが好きなんだけど——」

「わたしも！」

佐藤さんが言い終わらないうちに、わたしは思わず大きな声で同意していた。

「あ、松井さんも好き？」

「好きだよ！　登場したばかりのころは主人公の邪魔《じゃま》ばっかりしてくるし憎《にく》らしかったけど、本当は彼、争いが嫌《きら》いなんだよね。あとでその理由を知ったときは本当に感動したんだ。主人公と闘《たたか》うたびに葛藤《かっとう》していたのかと思うと、すごく苦しくて。それで一気に好きになったの！」

興奮気味《こうふんぎみ》にしゃべり終えると、佐藤さんが眼鏡の奥《おく》に見える目を丸《まる》くしてこちらを見ていた。

しまった、と思ったが、もう遅《おそ》い。

我《われ》に返ったわたしは、恥《は》ずかしくなった。ほとんど話したことのない相手に、とんだ醜《しゅう》態《たい》をさらしてしまった。

「ご、ごめん。ちょっと興奮しちゃって……」

「ううん。わたしも松井さんと同じ理由で好きになったから、嬉《うれ》しかった」

佐藤さんはわたしのことを馬鹿《ばか》にしたりせず、ふんわりと笑った。

その日から一週間、掃除の時間に、わたしは佐藤さんと漫画の話で盛《も》り上《あ》がるようになった。


翌週《よくしゅう》のこと。休み時間、いつもの仲良しグループでトイレに行ったときだった。

「佐藤さんって、ちょっと暗いよね」

鏡の前で前髪《まえがみ》を整えていた真梨香《まりか》が言った。

大きな目とさらさらな髪の真梨香は、人気アイドルに少し似ていて、男子からモテる、可愛《かわい》い女の子だ。

「運動会で同じグループになったんだけど、ぜんぜん話が盛り上がらないんだよねー。ドラマも見てないし、アイドルやお笑い芸人の名前も知らないんだよー」

「え、まじ?」

驚《おどろ》いた声をあげたのは、リップクリームを塗《ぬ》り直《なお》していた琴美《ことみ》だ。彼女は背が高く、モデルのような体形をしている。年の離《はな》れたお姉さんがいるらしく、その影響《えいきょう》で持ち物も大人《おとな》っぽく、とてもおしゃれだ。

「まじだよー。まったく話合わないの。家に帰ってなにしてるのって訊《き》いたら、漫画読んでるって言うんだよ」

「うわ、暗っ」

琴美が嫌《いや》な顔をする。漫画を読むことは暗いらしい。おもしろくて笑える漫画もあるのにな、とわたしは心の中でこっそり思う。

「そういえばみずほ、最近、掃除してるとき佐藤さんとよく話してるよね?」

振《ふ》り返《かえ》った真梨香にそう言われて、わたしはドキッとした。

「あ、うん」

「話、合うの？」

真剣《しんけん》な顔で訊いてくる真梨香に、わたしは言葉に詰《つ》まった。

正直、佐藤さんとは、ものすごく話が合う——真梨香や琴美よりも。佐藤さんは漫画だけでなく小説もたくさん読んでいて、知識が豊富《ほうふ》だった。新刊《しんかん》やグッズの発売日にも詳《くわ》しい情報通でもある。しかも、それを自慢《じまん》げにひけらかすこともない。

それになにより、佐藤さんはわたしの好きなものを否定《ひてい》しない。そして同調や共感《きょうかん》を強《きょう》要《よう》しない。それがとても、心地よかった。

「ま、まあね。うちの弟が佐藤さんの好きな漫画読んでたから、それでなんとか会話をつないでるって感じ」

嘘《うそ》だ。会話をつなぐどころか、ものすごく弾《はず》んでいる。いつも話し足りないと思うほどに。

「ふーん。でもさあ、あんまり仲良くしないほうがいいんじゃない？」

話を聞いていた琴美が、こちらを見た。

「え、なんで？」

「だって佐藤さん、オタクだもん」

わたしはゴクンと唾《つば》を飲む。

「一緒にいると、あんたまで『イケてない子扱《あつか》い』されちゃうよ」

琴美の言葉に、わたしは過去の黒歴史を思い出していた。


あれは、小学校のころ――新学年になり、新しいクラスメイトたちの前で自己紹介《じこしょうかい》をしたときだ。

「松井みずほです。趣味《しゅみ》はアニメを見ることと、漫画を描《か》くことです」

わたしはみんなの前で、本当に好きなことを言ってしまった。しかも、当時ハマっていたアニメの名前をいくつも挙げて。

それから間もなく、わたしのあだ名は『オタク』になり、みんなから、からかわれるようになった。眼鏡をかけた地味な顔立ちも、それに拍車《はくしゃ》をかけた。

一番つらかったのは、大好きなアニメや漫画をもじってからかわれることだった。自分のせいで自分の好きなものが馬鹿にされる。そのことが耐《た》えられなかった。

その経験がトラウマになり、中学生になったわたしは『普通《ふつう》の子』に擬態《ぎたい》する努力をした。

親にお願いして眼鏡をやめ、コンタクトレンズに変えた。地味な顔立ちはどうにもならないが、髪形や学校に持っていくものなどからは、アニメや漫画を連想させるものはすべて排除《はいじょ》するよう気をつかった。

もちろん今でも漫画やアニメは大好きだ。だがそれは友達の前で披露《ひろう》することなく、家の中だけでこっそり楽しむ趣味になった。

同級生の女子は、『イケてるか、イケてないか』に敏感《びんかん》だ。自分自身がイケてなくても、よくテレビに出るロックバンドやアイドルグループなど、一般的《いっぱんてき》に知られていて人気があるものを好きだと言っておけば、少なくとも、変わり者扱いされることはない。

わたしはみんなが好きそうなアイドルや視聴率《しちょうりつ》のいいドラマ、一般的に人気がある音楽番組などをチェックするようになった。もちろんそういう番組も嫌いではないけれど、一番好きなのはやはりアニメや漫画であることには変わりない。

好きなものを好きと言えない。つらいけれど、仕方ない。あのみじめな時間を繰《く》り返《かえ》すのは、もう二度とごめんだった。

「松井さん、おはよう」

朝、教室に行くと、珍《めずら》しく佐藤さんから声をかけられた。

「……おはよ。なにか用？」

そっけない反応になってしまったのは、教室に真梨香と琴美の姿《すがた》があったからだ。

「あ……えっと、昨日のアニメ見たかなって思って。佐藤さん、原作の漫画読んでるって言ってたから」

佐藤さんが少し気後《きおく》れしたように言う。もちろん見た。しかも、リアルタイムと録画で二回。佐藤さんに話したい感想がたくさんあった。

「みずほー、こっちおいでよ！　あんたの好きなバンド載《の》ってる雑誌持ってきたよ！」

そのとき、琴美と真梨香に呼《よ》ばれた。

「……ごめん、呼ばれてるから」

「あ！　ううん、いいの。わたしのことは気にしないで」

佐藤さんは慌《あわ》てた様子で両手を振り、自分の席に戻っていった。わたしは罪悪感を覚えながら、真梨香たちがいる席に向かう。

「みずほ、佐藤さんとなに話してたの？」

「掃除当番のことで、ちょっと」

わたしはそう言ってごまかした。

仲良くしている真梨香と琴美が佐藤さんのことをよく思っていないことを知り、ふたりの目のある所では話しづらくなってしまった。

真梨香と琴美は大事な友達だ。けれど、少し無理してふたりに合わせているところもあった。なぜなら『イケてる』ふたりといると、馬鹿にされないからだ。

いつものメンバーで仲良くしていることは『安全』だけれど、いざそこから外れようとすると『裏切《うらぎ》り者《もの》』のようになってしまう。

間の悪いことにちょうどその日、掃除当番が変わり、わたしが佐藤さんと話をする機会はなくなった。

佐藤さんと漫画やアニメの話をしたときの楽しさが忘《わす》れられなかった。真梨香や琴美と一緒にいればいるほど、恋《こい》しくなる。

悩《なや》むわたしの頭によぎったのは、アニメで主人公が敵対するライバルに手紙を書くシーンだった。

翌朝《よくあさ》、いつもより早く登校したわたしは、まわりに人がいないことを確かめてから、佐藤さんの靴箱《くつばこ》に手紙を入れた。

『昨日はごめん。教室だと落ち着いて話せないから、手紙を書くことにしました。

アニメ見たよ！　原作と違《ちが》ってオリジナルのエピソードがたくさん入ってて驚いたけど、おもしろかった。オープニングの曲が大好きで、ＣＤを買うか悩んでる。

佐藤さんはアニメどうだった？　松井』

突然《とつぜん》思い立ったため、家にあった味もそっけもない白い便せんと封筒《ふうとう》を使った。何度も書き直して、便せんを三枚ほど無駄《むだ》にしたのは自分だけの秘密《ひみつ》だ。

手紙を出したその日、わたしはずっとそわそわし続けていた。

佐藤さんが登校してきても、顔を見ることができない。そっけない態度を取ってしまった手前、手紙の返事が来るかどうか不安だった。

結局その日は、佐藤さんと話すことはもちろん目を合わせることもなく、家に帰った。ご飯《はん》を食べているときも、お風呂《ふろ》に入っているときも、ベッドに入ってからも、佐藤さんが自分の手紙を読んでくれたか、そればかりが気になった。


わたしの靴箱に星のシールが貼《は》りつけられた可愛い封筒が入っていたのは、佐藤さんに手紙を出した次の日の朝だった。

わたしはそれを鞄《かばん》に入れると、教室ではなく、プールのそばにあるトイレに向かった。朝のこの時間、このトイレには人が寄りつかないのだ。

個室に入り、待ちきれず封筒を開ける。


『松井さん、手紙ありがとう。わたしこそ、急に話しかけてごめんなさい。

松井さんが原作の漫画好きだって聞いてから、アニメを見たか気になって。だから手紙をもらったとき、嬉しかったです。

オリジナルのエピソード、わたしもびっくりしました。あれは原作の漫画家さんの考案なんだって。オープニングの曲、とってもいいよね！　わたしもCD買いたいなと思っています。初回限定でジャケットが違うみたいだよ。アニメ、次回も楽しみです。

よかったら、また感想教えてください』

ピンク色の可愛い便せんにきれいな字で綴《つづ》られた手紙を読んで、わたしは胸がいっぱいになった。佐藤さんは怒《おこ》っていなかった。それどころか、また感想を教えてほしいと書いてある。

昨日ずっと感じていた不安はどこかに飛んでいった。佐藤さんからもらった便せんを丁寧《ていねい》に封筒に戻し、シワにならないようクリアファイルにはさんで、トイレを出た。

「おはよー、みずほ」

「おはよう！」

真梨香や琴美と挨拶《あいさつ》を交わしてから、こっそりと佐藤さんの席を見た。わたしに気づいた佐藤さんが、少し照れたように微笑《ほほえ》む。わたしも笑い返した。心臓がどきどきした。

「ね、みずほ。昨日のNステ見たー？」

真梨香に話しかけられ、わたしは後ろ髪を引かれながら佐藤さんに背を向ける。

「あ、うん。見たよ」

「かっこよかったよね～」

わたしは真梨香と琴美の話を上《うわ》の空《そら》で聞きながら、佐藤さんにどんな返事をするか、ずっと考えていた。

＊

学校の帰り、わたしは雑貨屋さんに寄ってレターセットを買った。

佐藤さんが可愛い封筒で手紙をくれたので、まねしようと思ったのだ。散々迷《まよ》ってから、今見ているアニメによく星空が登場することを思い出し、星座のイラストが描かれたレターセットを選んだ。

「あら、みずほ。誰《だれ》に手紙を書いてるの？」

リビングのテーブルで佐藤さんへの返事を書いていると、お母さんが珍しそうな顔をして訊いてきた。

「クラスの友達だよ」

「文通してるの？」

「ぶんつう？」

聞きなれない言葉に首を傾《かし》げる。

「お母さんが子供のころは、今みたいに携帯《けいたい》電話やパソコンが普及《ふきゅう》してなかったから、お友達と手紙でやり取りしていたのよ。それを『文通』って呼んでたの」

「ふうん、そうなんだ……」

中学二年生になり、友達の中でも携帯電話を持つ子が増えてきていた。今まではあまり興味がなかったけれど、もし佐藤さんが持っているならわたしもほしいなと思った。そうすれば、誰にも気づかれることなく、もっと気軽に連絡《れんらく》が取れる。

「メールは便利だけど、手紙もいいわよね。読み返すのがすごく楽しいの」

「それ、わかる」

佐藤さんからもらった返事を、わたしはもう何度も読み返していた。

「仲良くなれるといいわね、その子と」

「……うん」

わたしは小さくうなずいた。


『佐藤さんへ。

今週もアニメ見たよ。わたしはアリオンが好きなので、今回は彼の見せ場がたくさんあって、すごく嬉しかった。録画して、もう3回は見ています。戦闘《せんとう》シーンの音楽もかっこよくて、ラストシーンは鳥肌《とりはだ》が立った！　来週が待ち遠しいです。

あ、あとＣＤも買うことに決めました。初回特典でジャケットが変わること、教えてくれてありがとう。３種類あるけど、佐藤さんはどれにした？』


『松井さんへ。

今週、本当にアリオンかっこよかったね！　わたしも戦闘シーンは感動しました。

わたしも録画して2回見たよ。松井さんに負けちゃった。

ＣＤはみんなが整列しているイラストのジャケットにしようと思っています。

来週原作のコミックスも出るね。おまけ漫画がとても楽しみです』

最初のころはアニメ放送日の翌日と翌々日、一週間に一度だけ手紙をやり取りしていた。

しかし文通を続けるうちに、週に二度、三度、と回数が増えていく。

『佐藤さんへ。

いつも可愛いレターセット使ってるよね。よかったら、どこで買ってるか教えてもらってもいいかな？

わたしは駅の中にある雑貨屋さんで買っているんだけど、あんまり種類がないんだ』

『松井さんへ。

わたしは最近、学校の近くにできた百円ショップでレターセットを買っています。あんまり枚数は入っていないけど、可愛いのがたくさんあったよ。

前、松井さんがくれた星座のレターセットもとっても可愛かった。わたしも今度駅に行ったとき、雑貨屋さん、のぞいてみるね』

こうして手紙のやりとりは増えても、教室にいるときは不自然なほど話をしない。たまに目を合わせて、こっそり笑顔を交わすだけだ。わたしのそばには、いつも真梨香と琴美がいる。彼女たちを振り切って、佐藤さんのところへ行く勇気はなかった。

学校では話せないから、手紙を選んだ。それなのに、直接話したいという気持ちがどんどんあふれ、とうとう抑《おさ》えきれなくなった。

『佐藤さん、来週の土曜日は空《あ》いてる？
よかったら一緒にレターセットを買いにいきませんか？』

この短い手紙を書くのに、便せんを5枚無駄にした。最高記録だ。手紙を書くことには慣れたと思っていたけれど、佐藤さんを遊びに誘《さそ》うのは勝手が違った。

その手紙を佐藤さんの靴箱に入れるときは、いつもの何倍も緊張《きんちょう》した。だから佐藤さんから『土曜日、空いています』という返事が来たときには、飛び上がるほど嬉しかった。

待ち合わせ場所は、駅前のファストフード店を選んだ。何度か行ったことがあるし、長居もできる。琴美と真梨香の家から離れていることもポイントだった。

学校ではない場所で、二人きり。人の目を気にせず、たくさん話ができる——そう思うと気合が入った。

「あら、みずほ、どこ行くの？」

約束の土曜日、玄関《げんかん》の鏡の前で服装《ふくそう》を確認《かくにん》していると、お母さんが声をかけてきた。

「文通相手の女の子と遊ぶんだ。この格好《かっこう》、おかしくない？」

今日着ているのは、先週お母さんに買ってもらったチェックのスカート。それにお気に入りのスニーカーを合わせた。昨日の夜、クローゼットの服をすべて引っ張りだし、ああでもないこうでもないと言いながら決めたのだ。

「可愛いわよ」

「ほんと？」

「本当よ」

お母さんに太鼓判《たいこばん》を押《お》してもらうと、やっと安心することができた。

「じゃあ、行ってくるね！」

「いってらっしゃい。気をつけてね」

お母さんに送り出され、わたしは駆《か》け足《あし》で駅に向かった。

昨日、寝《ね》る前に、佐藤さんとなにを話すか、たくさんシミュレーションした。そのせいで、ちょっと睡眠《すいみん》不足だ。それでも、足取りは軽かった。

そのため、十分前に待ち合わせ場所についてしまった。

まだ来ていないかもしれないと思いながら、ガラス越《ご》しに店の中をのぞき込む。すると奥の席に、私服を着た佐藤さんがいた。

いつもはひとつにまとめている髪を、今日はおろしている。淡《あわ》いピンクのワンピースは、色の白い佐藤さんにとても似合っていた。

わたしの視線《しせん》を感じたのか、佐藤さんが顔をあげた。目が合うと思わず笑みがこぼれる。

「みずほじゃん、こんなところでなにしてるの？」

急いでファストフード店に入ろうとしたとき、聞き覚えのある声に呼び止められた。

声をかけてきたのは、琴美と真梨香だった。

「琴美……と、真梨香？」

「二人とも、どうしてここに？」

二人の家からこの駅は反対方向だ。わたしは冷や汗をかく。

「やだー、この前話したでしょ？　この近くの公園でフリマやるから買い物に行くって」

真梨香に言われ、思い出した。わたしも二人から一緒に行かないかと誘われたけれど、家の用事があると嘘《うそ》をついて断ったのだ。まさか、この駅の公園だったとは……。

「みずほ、家の用事もう終わったの？」

「う……うん」

琴美に訊かれ、わたしはとっさにうなずいてしまった。

「じゃあ、一緒にお茶しようよ」

「えっ？」

思わず声が上ずった。

「フリマに行く前に、駅の裏のドーナツ屋さんに行こうって二人で話してたんだ。用事終わったなら、別にいいでしょ？」

今、二人に「これから佐藤さんと会う」とは、とても言い出せる雰囲気《ふんいき》ではなかった。

嘘に嘘を塗り重ねたせいで、わたしは退路を完全にふさがれていた。

「……うん、行く」

二人に連れられて、待ち合わせの店の前から離れる。わたしは佐藤さんを、振り返ることができなかった。


取り返しのつかないことをしてしまった。

わたしがそれを実感したのは、月曜日の朝、自分の靴箱にいつもなら入っているはずの手紙が入っていなかったのを見たときだ。

教室に入ると、佐藤さんはすでに登校していた。佐藤さんはわたしに気づくと、座ったまま硬《かた》い表情で目をそらした。

当然だ――こちらから誘っておいて、約束をすっぽかしたのだ。それも佐藤さんが見ている前で、真梨香と琴美に誘われてついていくという、最悪の形で。

あのあと、真梨香と琴美とお茶をしてから、フリマには行かずに別れた。それから急いで待ち合わせのファストフード店に戻った。が、そこに佐藤さんの姿はなかった。

どれだけ謝《あやま》っても、きっと許《ゆる》してもらえないだろう。

「おはよー、みずほ!」

教室に入ってきた真梨香が、わたしの肩《かた》を叩《たた》いた。

「どうしたの、朝から暗い顔して」

真梨香と琴美があそこにいなければ、わたしを強引に誘わなければ、わたしは佐藤さんとの約束を破《やぶ》らずにすんだのに――そう思うと腹《はら》が立った。

「……なんでもない」

わたしはそう言って、自分の席に着いた。これは八《や》つ当《あ》たりだ。わかっている。悪いのは、真梨香でも琴美でもない。この自分だ。

友達になるチャンスを永遠に失ってしまった――わたしはこちらを向こうとしない佐藤さんを見て、絶望した。

＊

「最近、手紙を書いてないのね」

自分のベッドに横になり漫画を読んでいると、部屋に洗《あら》った服を持ってきてくれたお母さんに、唐突《とうとつ》にそう言われた。

佐藤さんとの文通が途切《とぎ》れてから、ひと月が経《た》とうとしていた。

あの日以来、わたしは佐藤さんに避《さ》けられている。目も合わせてもらえないでいた。

そのたびに心は傷《きず》ついていた。佐藤さんにひどいことをしたわたしには、傷つく資格などないのに。

「……なんでわかったの？」

「わかるわよ。ちょっと前まで買い物に行くたびにレターセット買ってたじゃない」

たしかに、ちょっとスーパーに行くだけでも文具売り場をチェックし、可愛いレターセットがないか探《さが》していた。

「それが急になくなったから。なにかあったの？」

お母さんに訊かれ、わたしはベッドから体を起こした。

「……ひどいことをしちゃったんだ、文通相手の子に」

わたしは言った。

「まわりの目を気にして、約束を破って、その子を大事にしなかったの」

「謝った？」

わたしはうつむいた。

「謝っても、きっと許してもらえないから……」

「みずほが謝るのは、許してもらうためなの？」

厳《きび》しい口調だった。驚いて顔をあげると、お母さんは口調に負けないくらい厳しい顔をしていた。

「……それ以外になにかあるの？」

「許してもらえなければ謝る必要はないって、みずほは思うの？　相手にひどいことをしたのに？」

お母さんの言葉は、弱った心にぐいぐいと食い込んでくる。

「謝罪《しゃざい》は相手のためにするものなの。あなたが楽になるためじゃないのよ」

わたしは返事をすることができなかった。お母さんはしばらくそんな私を見ていたけれど、ため息をついて部屋を出ていった。

わたしはベッドから下りると、目に触《ふ》れないよう机の奥に隠《かく》していた箱を取り出した。

そこには佐藤さんからもらった手紙が入っている。

佐藤さんとの約束を破ってから、ずっと見ないようにしていた。罪悪感で死にそうになるからだ。

封筒を開き、もらった順番に手紙を読み返していく。

手紙に綴られた佐藤さんの言葉は、優《やさ》しく丁寧で、思いやりがあった。

はじめて会う約束をし、待ち合わせの場所を決めるためにやり取りした手紙にも『もし友達との約束が入ったら、そっちを優先してね』とか『一緒に遊びに行くこと、秘密にしておくね』といった、こちらを気づかうような言葉がところどころに書かれていることに気づいた。

佐藤さんは、わたしが真梨香や琴美の視線を気にしていることを、とっくに知っていたのだろう。

そんなずるいわたしと、佐藤さんは交流を続けてくれたのだ。そんな優しい人を、わたしは傷つけてしまった。

『謝罪は相手のためにするものなの』

お母さんに言われた言葉が耳によみがえる。自分を許してもらうためにするのではない、ただ、佐藤さんのためだけに謝りたい。

わたしは久《ひさ》しぶりにレターセットを取り出し、ペンを取った。

『一度だけ、わたしにチャンスをください』

一か月ぶりに佐藤さんの靴箱に入れた手紙に、わたしはそう書いた。
手紙で謝罪はしていない。ただ、佐藤さんに会いたいというその気持ちだけを綴った。
今日の放課後に指定した待ち合わせ場所は、前に約束した駅前のファストフード店だ。
今日が無理だったら、明日でも、あさってでもいいと書いた。時間も一応指定したが、
佐藤さんが来てくれるまで待つつもりだった。
今朝、お母さんには門限をオーバーするかもしれないと伝えた。友達に謝るつもりだと
言うと、「がんばりなさい」と応援してくれた。
やがて佐藤さんが登校してきた。きっと靴箱の手紙を受け取ったはずだ。でも、休み時
間になっても、給食の時間になっても、佐藤さんはわたしを避けたまま。もちろん、返事
ももらっていない。
だから、来てくれない可能性の方が大きい。でも、あきらめたくなかった。佐藤さんか

ら、そして弱い自分から、逃《に》げたくなかった。

その日最後の授業を終えると、わたしは荷物をまとめて早足で教室を出た。

「みずほー！　ちょっと待ってよ！」

わたしを追いかけてきたのは、真梨香だった。後ろに琴美もいる。

「どうしたの？」

「これからうちに遊びにおいでよ。Nステ録画してるから、みんなで見よう」

真梨香の誘いは嬉しかった。けれど、今日は無理だ。

「ごめん、これから用があるんだ」

「用って？」

「佐藤さんと会うの」

来てくれるかどうかはわからないけど、と心の中でつぶやく。

「え、ちょっと待って。なんであの子と？」

真梨香が焦ったように言う。

「佐藤さんと話したいことがあるんだ」

「わたしたちより大事な用なの？」

不機嫌《ふきげん》そうな琴美の目を、わたしはまっすぐに見つめ返す。

「琴美も真梨香も大事な友達だよ。でも、佐藤さんもわたしにとっては大事なんだ」

その言葉を口にするには、かなりの勇気がいった。しかし、いざ口にしてしまうと、とてもすがすがしい気持ちになる。

「じゃあ、そういうことだから」

あっけにとられている二人を置いて、わたしは学校を出た。

＊

ファストフード店の奥のテーブル――この前、佐藤さんが座っていたのと同じ場所に、わたしは座っていた。

テーブルの上にはコーラの入った紙コップがのっている。緊張でのどが渇《かわ》き、ちびちびストローですすっているうちに、あっという間に氷だけになった。

約束の時間はとっくに過ぎている。待っている間に、隣《となり》のテーブル席の客が三度、変わった。

いつの間にか窓《まど》の外は日が落ち、薄暗《うすぐら》くなっている。店内が明るいため、外の様子はよく見えない。

客を迎《むか》える明るい店員の声をぼんやり聞いていると、目の前に影《かげ》が差した。

「……あ」

顔をあげたわたしは、思わず息をのんだ。

制服姿の佐藤さんが、テーブルの向こうに立っていた。眼鏡のレンズの向こうに見える目には、なんの感情も浮《う》かんでいない。ただ静かにわたしを見下ろしていた。

「さ、佐藤さん……」

佐藤さんは返事をせず、わたしの向かい側の席に座った。ふたりの間に沈黙《ちんもく》が落ちる。

佐藤さんに会ったら、言いたいことがたくさんあった。それなのに、佐藤さんの顔を見たとたん、頭が真っ白になってしまった。

「――ごめんなさい！」

出てきたのは、なんの装飾《そうしょく》もない謝罪の言葉だけ。

「あの日、約束を破って、ごめんなさい」

緊張でカラカラになったのどから、言葉を振《ふ》り絞《しぼ》る。

「許してもらえるとは思ってない……でも、どうしても佐藤さんに謝りたくて……ほんとに、ごめんなさい……」

佐藤さんはなにも言わない。わたしは頭を下げたまま、なにか言って、と願った。

「……松井さんからはじめて手紙をもらったとき」

しばらくして、佐藤さんが口を開いた。

「とっても嬉しかったけど、同時にすごく怖《こわ》かった」

久しぶりに聞いた佐藤さんの声につられるように、わたしは顔をあげた。

「怖い……？」

「うん。松井さんはクラスでも目立つ子たちと一緒にいるから……からかわれてるんじゃないかって。はじめは罰《ばつ》ゲームじゃないかとか、いろいろと疑《うたが》ってた」

佐藤さんから聞かされた事実に、わたしはショックを受けた。

「そ……そんなことあるはずない！　罰ゲームだなんて……！」

「でも松井さんは、わたしと一緒にいることが恥ずかしいと思ったから、直接話すんじゃなく、手紙をくれたんでしょう？」

そのとおりだ。わたしはなにも言えず、口をつぐんだ。そんな私を見て、佐藤さんは責めるでもなく、たんたんと話す。

「わたしは地味だし、暗いし、オタクだもんね。松井さんがいつも一緒にいるおしゃれで可愛い女子たちとは違う」

「……そんな」

「いいんだ、自分でもよくわかってるから」

そう言って悲しげに微笑む佐藤さんに、わたしは唇《くちびる》をかんだ。佐藤さんにこんなことを言わせてしまったのは、他の誰でもない、わたしだ。

わたしは意を決して口を開く。

「……わたしは佐藤さんが好きだよ」

ずっと心の奥にしまっていた気持ち。

佐藤さんは驚いたように、わたしを見る。

「好き……？」

「うん。優しくて、物知りで、まわりに気配りできて……話してて、すごく楽しかった。もっと話したいって、一緒にいたいって思った」

ぼろりと涙《なみだ》がこぼれた。

「でも、わたしは臆病《おくびょう》だから……いつも一緒にいる友達にのけ者にされるのが怖くて、佐藤さんのこと、大事にできなかった」

一度ゆるんだ涙腺《るいせん》は、簡単《かんたん》には戻らない。

「ごめんね……ほんとに、ごめんなさい……」

もう一度、頭を下げる。泣き顔を見られたくなかった。わたしには泣く資格などないのだ。

「わたし、松井さんが約束を破ったこと、まだ許せないんだ」

わたしは歯を食いしばり、手の甲《こう》で涙を拭《ぬぐ》った。

「当然だよ。わたしはそれだけひどいことを佐藤さんにしたんだもん」

震《ふる》える声で言うと、佐藤さんは首を横に振った。

「それもあるけど、そうじゃないの」

「……どういうこと?」

「わたしも、松井さんが好きだから」

わたしはひゅっと息をのんだ。

「だから約束を破られたとき、ショックだったし、悲しかったし、腹が立ったの」

そう言って、佐藤さんは笑う。

「許せないけど、松井さんのことは好きだよ、今も」

「佐藤さん……」

「だからね、また前みたいに手紙のやり取りしたいんだ。そうしたら許してあげる」

照れたように言う佐藤さんを見て、わたしの胸は熱くなった。同時に、勇気が出る。手紙をやり取りしはじめてから、ずっと秘《ひ》めていた願望が頭をもたげた。

「手紙じゃないと、だめかな？」

わたしの問いかけに、佐藤さんが「え？」と首を傾げる。

「わたし、これからは学校でも外でも、佐藤さんと普通に話したいし、遊びたい」

眼鏡の奥の目をまっすぐに見つめてわたしが言うと、佐藤さんは困《こま》ったような顔をした。

「……そんなことをしたら、松井さんの友達になにか言われるかもしれないよ？」

「もし言われたら、ちゃんとわたしが対処《たいしょ》する」

真梨香も琴美も、わたしの大事な友達には変わりない。彼女たちが佐藤さんと仲良くする必要もないし、できなくてもいい。ただ、わたしが佐藤さんと仲良くしたいということを認《みと》めてもらいたいのだ。

もし、このことがきっかけで二人に縁《えん》を切られてしまったら――悲しいけれど、あきらめるしかない。

「自分の大事な友達のことを悪く言う子とは、わたしも友達でいられないから」

「……大事な友達って、わたしのこと？」

戸惑《とまど》う佐藤さんに、わたしは「あ」と口元を押さえた。そういえば、肝心《かんじん》なことを言い忘れていた。

「佐藤さんに改めてお願いがあります」

わたしが居住まいを正すと、佐藤さんも緊張した面持《おもも》ちになる。

「どうか、わたしと友達になってください」

そう言って手を差し出すと、佐藤さんは目を見開いた。その目が次第にうるみ、頰《ほお》が赤く染《そ》まってゆくのを、わたしは見ていた。

少しひんやりした佐藤さんの手が、わたしの手を握《にぎ》り返《かえ》す。

「……よろしくお願いします」

泣き笑いとともに言われた返事は、何度も繰り返し聞きたくて、思わず手紙でもらわなかったことを後悔《こうかい》するくらい、最高で幸せなものだった。

著者一覧&プロフィール

朝比奈歩（あさひな・あゆむ）

東京出身のフリーライター。2月生まれのうお座。普段は恋愛小説を書いている。趣味は、大好きなレトロ可愛い物集めと美術展に行くこと。

一色美雨季（いっしき・みゆき）

鳥取県在住。「読む、書く、縫う、編む」が好きな根っからのインドア派。2016年、「第2回お仕事小説コン」グランプリ受賞作『浄天眼謎とき異聞録〜明治つれづれ推理〜』（マイナビ出版）を刊行。美雨季名義の著書に『先生と少女騒動』（KADOKAWA）などがある。

櫻いいよ（さくら・いいよ）

2012年に『君が落とした青空』でデビュー。その他に代表作『交換ウソ日記』『黒猫とさよならの旅』『きみと、もう一度』などがある（全てスターツ出版）。『君が落とした青空』は新装版も刊行され、累計15万部を超えるロングヒットとなる。

菜つは（なつは）

広島県在住。2011年に『ウソ☆スキ　上・下』でデビューし、2017年に『君を探して』（全てスターツ出版）が刊行され、好評を博した。

南潔（みなみ・きよし）

小説とイラストで活動中。代表作に『質屋からすのワケアリ帳簿』シリーズや『黄昏古書店の家政婦さん』シリーズ（全てマイナビ出版）、『恋獄トライアングル』（新潮社）、『恋愛教室』シリーズ（徳間書店）などがある。

雪宮鉄馬（ゆきみや・てつま）

広島県在住の会社員。趣味は小説を読むことと、書くこと。主にインターネット上で活動しており、本作が初の書籍掲載。夢は猫を飼うこと。

TACHI MACHI CLIMAX!

たちまちクライマックス！（2）

キミに会えてよかった

編・たちまちクライマックス委員会

発行　2018年2月　第1刷

著者	朝比奈歩 / 一色美雨季 / 櫻いいよ / 菜つは / 南潔 / 雪宮鉄馬
発行者	長谷川 均
装丁	徳重 甫＋ベイブリッジ・スタジオ
フォーマット	ベイブリッジ・スタジオ
編集	門田奈穂子　末吉亜里沙
発行所	株式会社ポプラ社 〒160-8565　東京都新宿区大京町22-1 ☎ 03-3357-2216（編集）　03-3357-2212（営業）
振替	00140-3-149271
印刷・製本	中央精版印刷株式会社

ISBN978-4-591-15700-8　N.D.C.913 / 295P / 19cm